JN315091

スティーヴン・グリーンブラット

シェイクスピアの自由

高田茂樹訳

みすず書房

SHAKESPEARE'S FREEDOM

by

Stephen Greenblatt

First published by The University of Chicago Press, 2010
Copyright © Stephen Greenblatt, 2010
Japanese translation rights arranged with
Stephen Greenblatt

シェイクスピアの自由

目次

チャールズ・ミーに

謝辞

『ヴェニスの商人』の冒頭で、放蕩者のバッサーニオーは、彼の言い方では「どうすれば僕が作った借財をすべて精算できるか」案じている。私が同じように悩んでいないとすれば、それはただ、私が、自分が負うている借りを返せるなどと一瞬たりとも考えてなくて、むしろ、そういう借りを作ったことに感謝しているからにすぎない。ジェフリー・ナップは、いかにも彼らしい機知と洞察力と寛大さをもって、手稿全体を読み通してくれた。ティモシー・バーティとアラン・デッセンとポール・コットマン、それに、シカゴ大学出版局の人文科学部門の編集主幹アラン・トマス、校閲担当のジュール・スコアー、そして、名前が伏せられた複数の閲読者からも多くの貴重な示唆を受けた。何年にもわたって、ホミ・バーバ、ジョウゼフ・カーナー、トマス・ラカー、ロバート・ピンスキー、モシェ・

サフディは、私にとって、大きな支えとなる知的な影響の源であり、同時に大切な友人でもあった。

以下の章のうちの三つは、フランクフルトのヨーハン・ヴォルフガング・ゲーテ大学社会研究所でおこなったアドルノ記念講義に基づいている、司会してもらったアクセル・ホネットの紹介と質問とコメントは親切でしかも鋭いものだった。同研究所のジドニア・ブレットラーとザンドラ・ボーファイス、ならびに、クラウス・ライヒェルト、エヴァ・ギルマー、カロリン・マイスター、ロガー・リューデケ、ヴェレーナ・ロブジエンも、私の滞在がすばらしい思い出に満ちたものになるよう努めてくれた。アドルノ記念講義は、クラウス・ビンダーによる翻訳で、『シェイクスピア――自由と、美と、憎悪の限界』という表題で、ズールカンプ書店から刊行された。ドイツの他の二つの機関について特に名前を挙げておきたい。一つ目はミュンヘンのカール・フリードリヒ・フォン・ジーメンス財団で、たいへん刺激に富んだ訪問が出来たことで、理事長ハインリヒ・マイアーに負うている。二つ目はベルリン高等研究所で、ここは一五年近くにわたって私の知的な別荘だった。そこでは、とりわけホルスト・ブレデカンプ、ラインハルト・マイヤー＝カルクス、ルカ・ジュリアーニ、ヴォルフ・レペニース、ラガヴェンドラ・ガダガルに負うところが大きい。

アドルノ記念講義を改訂したものが、ライス大学でのキャンベル記念講義の中核となり、それゆえ、また、本書の中核ともなった。手篤いもてなしを受けたことで、人文学部長ゲアリー・ウィールと、クリスティーン・メディナ、ロバート・パットゥンと同大学英文科のほかの方々にも感謝申し上げたい。資金を提供された企画に素晴らしいかたちで積極的に関わってこられたサラ・キャンベルとほかのキャンベル家の方々の知己を得たというのもひときわ大きな喜びだった。

ほかの多くの機会にも、私は本書の一部を講義として発表するという幸運に恵まれた。そして、そのいずれの場でも、貴重な示唆や質問、別な見方などを受けることが出来た。こういった機会の中でも、とりわけ、二〇〇五年にバミューダで開催されたアメリカ・シェイクスピア協会の年次総会、カリフォルニア大学バークレイ校でのユーナ記念講義、シンシナティ大学のロペス記念講義、マリン・アカデミーのサッチャー記念講義、フィリップス・エクスター・アカデミーのヘイリー記念講義、イリノイ大学シカゴ校のスタンリー・フィッシュ記念講義、北アイオワ大学のメリル・ノートン・ハート記念講義、フィートン大学のジェイン・ルビー記念人文科学講義、並びに、ハワイ大学、ユタ大学、ネヴァダ大学ラス・ヴェガス校、オクラホマ自然人文科学大学、コネティカット大学ストーズ校、モーガン図書館、テキサス大学オースティン校、ダラス美術館、ウィスコンシン大学マディソン校、ボストン大学、ハサウェイ・ブラウン・アカデミー、エリザベスタウン大学、ダヴィッドソン大学、オースティン大学、プロヴィデンス大学、オンタリオ州クイーンズ大学、エモリー大学、グランド・ヴァレー州立大学、ニュー・スクール、イェール法理論研究会、そして、私が籍を置くハーヴァード大学を挙げておきたい。また、本書の一部をケンブリッジ大学のレズリー・スティーヴン記念講義、ダブリンのアイルランド王立学士院談話会、イスタンブールのボアズィチ大学アプトゥラ・クラン記念講義、ベルリンのアルフレート・ヘルハウゼン記念国際対話協会、同じくベルリンのヴィンフリート・フルック記念談話会、ブダペスト中央ヨーロッパ大学、ノルウェイのスタヴァンゲルでの多文化・多民族フェスティヴァル、ヴェネツィア国際ユダヤ研究所、エジプトのアレクサンドリア市のアレクサンドリア図書館、ローマ・トレ大学、ケンブリッジ大学ペンブルック校、ポルトガルのオポルト市のスペイン並びにポルトガルにおけるイギリス・ルネサンス研究会、ワルシャワ大学、シエナ視覚芸術大学院などで、口頭で発表できたこともたいへん光栄だった。これらやほかの機関で、親友や全くの初対面の方も含めた多くの人たちに感謝申し上げたい。全員の名前を挙げることはたいへん長くなってしまうだろうが、少なくとも、デイヴィッド・ベイカー、ショール・バッシ、デイヴィッド・ベビントン、ジョン・バワーズ、ディンプナ・キャラガン、リチャードとロザリンド・ディアラヴ夫妻、マルガレータ・デ・グラジア、ヘザー・ダブロー、エデム・エルデム、ジョン・フィーヴァー、ニリュファー・ゴール、故ゴードン・ヒンクリー、クリストファー・ハジンス、ベルンハルト・ユッセン、ルイス・メナンド、ポール・モリソン、ヴィンセント・ペコーラ、イスタヴァン・レヴ、イスマイル・セラゲルディン、デボラ・シューガー、ジェイムズ・シンプソン、モリー・イーゾー・スミス、クエンティン・スキナー、テラー、ニコラス・ワトソン、バリー・ウェラー、チャールズ・ホィトニー、そしてスザンヌ・ウォフォードに対する謝意を表明しておかないと、我ながら怠慢と感じざるを得まい。クリスティーン・バレット、ソル・キム・ベントレイ、レベッカ・クック、ケリー・ヘイ、ビアトリス・キットジンガー、エミリー・ピーターソン、ジュール・スコアー、ベン・ウッドリングからは、研究や草稿の準備の段階で貴重な協力を得た。

最大の感謝の念は、三人の息子、ジョシュとアーロンとハリーと、愛する妻ラミー・ターゴフに向けられている。本書の中に何か誤りがあるとしても、けっしてラミーの責任と見なされてはならないが、私たちは以下のページのほとんどすべてのことについて語り合うことにともに喜びを感じてきたので、ここに何らかの価値を持つものがあるとすれば、その功績にはラミーも与っている。

本書を、親友で才能あふれる劇作家であるチャールズ・ミーに捧げることは、大きな喜びである。

第一章　絶対的な限界

作家としてのシェイクスピアは、人間の自由を体現している。彼は言葉を自在に操り、自分の想像したことを何でも言い表して、どんな人物でも呼び起こして、どんな感情でも表現して、どんな考えも探究することが出来たように見える。厳格な身分制を敷いて発言や出版における表現を厳しく監視した社会で、彼は君主に忠誠を貫く臣下として人生を全うしたが、その一方で、彼はハムレットが「自由な魂」と呼ぶもの〔1〕を持っていた。「自由な」という言葉をシェイクスピアはその変化形も含めて何百回と使っているが、彼の作品の中でそれは「監禁され、投獄され、支配され、強要され、口外するのを恐れる」ことの対極を意味している。自由とされる人物は、妨げられてもいなければ、囚われてもおらず、寛容で度量があり、率直で他人の意見にも耳を傾けようとする。シェイクスピアの中にこういう特質を認めるのは、私たちがあとの時代から振り返って言っているというだけではない。彼の友人でライヴァルでもあったベン・ジョンソンは、シェイクスピアのことをひときわ「開かれて自由な性格」[1]だったと述べている。

けれども、シェイクスピアが自由を具現しているとすれば、彼はまた、限界の象徴でもある。ここで言う限界とは、彼の想像力や文学的な才能に対する制約ということではない。たしかにそういう制約もあっただろう——神業のような印象を漂わせてはいても、シェイクスピアも結局のところ生身の人間にすぎなかった——が、彼が書き著したものの無尽蔵とも思われるような洞察や視界の広さに深い感銘を受けるという点では、私もけっして人に後れを取るものではない。そういうことではなく、彼が体現している限界というのは、シェイクスピア自身がその経歴を通して、何らかの絶対的なものに対して——それがどんな種類のものであれ——その恐るべき知性を向けたときにはつねに、抉《えぐ》り出し掘り下げていった限界である。こういった限界は、彼に固有な自由が発揮されるその前提として作用した。

シェイクスピアは絶対主義的な世界に生きた。より正確に言うと、彼はさまざまな絶対主義的な主張が幅を利かす時代に生きた。そういった絶対主義的主張というのは、それ以前のもっと粗暴な時代の遺物というわけではなかった。それらは古くからの習わしという衣裳をまとってはいたが、実際に表象していたのは新しいものだった。シェイクスピアの父親の世代の急進的なプロテスタントたちは、教皇の絶対的な権威に挑戦しこれを根柢から揺さぶったが、その結果として、同じように極端なかたちで聖書と信仰の権威を標榜することになった。カルヴァンの教えを受けたイングランドの神学者たちから見れば、神はもはや卑しい人間が嘆願や苦行や何かほかの贖罪のための寄進などを通して交渉できるような君主ではなかった。神の決定は人間の理解を超えた、取り消しようのないものであり、いかなるかたちの仲介にも契約にも法にも拘束されないものとなった。同様に、シェイクスピアが生きた時代に国を治めた二人の君主に仕えた法律家たちも、法を超越した王の権利や地位についての精緻な概念を作り上げた。絶対王権というのは虚構であり、現実には、君主の意志は議会や確固たる地盤を持ったほかの多くの勢力によって束縛されており、聖書の絶対的な権威も同様に数知れない限界によって制限されていた。けれども、絶対主義的な主張は何度も繰り返され、明らかな失敗や不備が経験的に重ねられたにもかかわらず、この主張は、絶対的で全知全能の主によって治められる宇宙という当時支配的だった見方を反映していたということもあって、単に馬鹿げたものとは見えなかった。実際、シェイクスピアの頃までには、それぞれ大きくはあるが限定された力を持った神々――ギリシア人やローマ人の神々――という考えこそが支離滅裂なものと見なされるようになっており、唯一の真の神の座に悪魔たちを据えた結果だと考えられていたのである。

全能の唯一神への信仰とともに、それに繋がって、互いにも深くより合わさった、慈愛、信仰、恩寵、劫罰、救済といった一連の絶対的なものが登場してきた。こういった概念は、ずっと以前から多くのカトリックの教義や芸術においても、中途半端ないしは妥協的な態度を取ることは許されていなかった。教会の正門に描かれた最後の審判の場面は、救済されるとも劫罰を受けるとも判断のつかないような例を認めていないし、天国と地獄の中間にある場も残していない。教義の中核を担う見解のこの絶対的な性格は、プロテスタンティズムによっていっそう強化された。そこでは、煉獄――魂の一時的な中間状態――は厳格に消し去られ、聖人や聖母マリアが持っていた仲介者としての権限は一掃され、「行い」の有効性も否定された。

シェイクスピアは神学者ではなかったし、彼の作品は教義に関わる主張に不用意に口出しするようなこともないが、彼は、公の機関が、神の絶対的な自由、無限の慈愛、信仰のみによって義とされること、先行的恩寵[2]、永遠の劫罰、一回限りで変えようのない救済などを強く主張した文化の中で育った。彼はまた、宗教上の考えを反映した社会や政治に関する理論の中にも、臣下に対する王の、妻子に対する父親の、若者に対する老人の、身分の低い者に対する高い者たちの、同様に途方もない要求を聞き知っていた。印象深い点は、人間のあらゆる空想や願望にあれほど機敏に反応した彼の作品が、形而上的なものから世俗のものまで、彼の世界に蔓延していた絶対主義的な傾向に対しては、アレルギー的とも言える拒否反応を示しているということである。彼が描いた王たちは、生き残るためには受け入れるしかない制約を繰り返し発見する。司令官たちは、地図に線を引き、独断的な命令を発するが、現場の現実が自分のもくろみをはねつけるということを思い知らされるだけに終わる。同様に、彼の描いた高慢な聖職者たちはその気取りをからかわれ、神と直接交感しあえると称する霊能者たちはまやかしであることを暴露される。

これ以上ないほど高揚して限りを知らないように見える情熱に対して社会や自然が設定する限界に繰り返し直面するのは、おそらく誰にもまして、シェイクスピアの描く恋人たちだろう。「愛の恐ろしいところは、思いは無限でも実際に出来ることはしれている、欲望は限りがなくとも行為は限界に首根を押さえられている、ということだ」とトロイラスはクレシダに語る（『トロイラスとクレシダ』三幕二場七五―七七行）[2]。もう少しおどけた調子で、ロザリンドは恋に悩むオーランドーに「男たちは今までも時々死んではいるし、それをウジ虫たちが食べては来たが、恋で死んだ男など一人もいないのだ」(『お気に召すまま』四幕一場九一―九二行)と請け合ってみせる。シェイクスピアの喜劇に特有な魔力は、こういった限界にさらされることで、愛の貴重さや強烈さが減殺《げんさい》されるのではなく、むしろ高められることである。そして、ロミオとジュリエットやオセロー、アントニーなど、悲劇に登場する恋人たちが、何の限界も一切認めようとしないとき、彼らの拒絶は必然的に死と破滅へと繋がることになる[3]。

本書における私の関心は、絶対という主張を取り囲む限界をシェイクスピアが確定し探究するその仕方にある。以下の章で私が焦点を当てているのは、シェイクスピアの想像力が一貫して引き寄せられ、彼がものしたさまざまなジャンルをまたいでその基底にある、四つの関心事にある。その関心事とはつまり、「美」――特性のない完璧さという当時の理想に対するシェイクスピアの疑念の深まりと、あざやいぼのように消しがたい徴に対する彼の関心、「否定」――殺意のこもる憎悪についての彼の探究、「権威」――自身のも含めた権力の行使についての彼の問いかけと同時にその受容、「自律性」――彼の作品における芸術的自由の度合い、の四つである。

私の意図としては、四つの章はそれぞれ独立していて、おのおのがシェイクスピアの作品を論じる際に節目となる関心事を個別に探究しているが、それらは全体を通して展開されてゆく論議の中で互いに繋がっており、私の主たる四つの関心事はすべて、テオドール・アドルノの著作の中で継続的な理論的考察の対象となったという事実によって一つに束ねられている。この哲学者は実際にはイギリスの劇作家に対してとくだん興味があったわけではなく、彼について書いたこともほとんどないが、アドルノがその経歴全体を通して懸命に取り組んだ難解な美的問題の多くは、彼がシェイクスピアによる「致命的で限りなく豊かな個別性への飛躍的展開」[4]と呼んだものの結果として生じたのである。

以下に論じていくように、この展開は、彼の作品における予想もつかない芸術的逸脱、ルネサンスの様式を支配していた美の規範からの驚くべき離反から生じた。シェイクスピアがこういった規範を真正面から否定するということは決してなかったが、彼の作品の中で最も激しい欲望を喚起する人物――『ソネット集』のダーク・レディー、ヴィーナス、クレオパトラ、そして、『恋の骨折り損』のロザラインから『シンベリン』のイノージェンに至るロマンティックなヒロインたちは、慣例的な期待からかけ離れていることで個別性を達成している。彼女たちは、シェイクスピアと彼の同時代の人々が従っていた、特性がないということを理想とする規範に従っていないにもかかわらずではなく、まさしく従っていないがゆえに、記憶に残り、際立っていて、魅惑的なのである。そういった規範からの離反は、欠点や汚点となる危険をはらんでいることは作者自身理解しており、実際、シェイクスピアが最も興味をそそられたように思われる美のかたちは、彼の文化が醜さと特徴づけたものに危険なまでに接近していく。けれども、そのように接近していくことで初めて個別化は達成されるのである。

徹底した個別化——支配的な文化からの期待に沿うことが出来なかったりこれを拒んだりして、それゆえ救いようもないほど違っていると徴づけられる人物の特異さ——というのは、劇と詩の全体に行き渡っており、その広範さ自体興味深い点だが、その最も生き生きとした例といえば、シェイクスピアが描いたヒロインたちではなく、その他者性ゆえに深い動揺を呼び起こす二人の人物、シャイロックとオセローだろう。ユダヤ人とムーア人は単に汚点となるという危険を冒しているだけではない。二人は、彼らが住む支配的な文化の中のほとんど誰もが「醜い」と定義するものなのである。オセローに対するデズデモウナの愛が、醜いとされるものと美との驚くべき近さを証明するとすれば、彼女がオセローの魅力を言い表すために用いる言葉は、規範的なものの断ちがたい力を映し出している

――「私はオセローの容貌を彼の心のぅちに見たのです」（一幕三場二五一行）。

『ヴェニスの商人』と『オセロー』における他者性は、魅力の徴というよりも、むしろはるかに憎悪を引き寄せるもととなっており、その憎悪は、シャイロックの場合には彼に対して向けられるだけでなく、彼の方からもそっくり返され、悪漢のイアーゴーについては、ほとんど自身を焼き尽くすことになる。この憎悪を抑制するか、それを社会的に有用な目的に矯正していくことが、権力の座にある者に課される責務の一つである。少なくとも、『ヴェニスの商人』における公爵と法廷と『オセロー』の元老院が背負ぅ課題とはそういうものである。けれども、課題の難しさ――喜劇、悲劇を問わず、権威・権力を持つ者を悩ませる状況のアイロニカルな齟齬や、さまざまな制約、行動を決する動機の不純さ、能力の不備――は、以下に示したいと思ぅが、シェイクスピアにおける、権力の限界についてのより大きな探究の一部をなしている。

　シェイクスピアの作品の中で唯一限定されていないように見える権力は、芸術家自身の権力である。彼の卓越した才能が支配する領域では、劇作家兼詩人の権威は絶対的に自由で何の制限も受けていないように見える。にもかかわらずシェイクスピアはその経歴の間に、自身であれほかの誰であれ、人は芸術的自律性とでも呼べるものを持ちぅるのか、そして、持つべきなのかという問題に、繰り返し正面から取り組んでいる。この問いに対するシェイクスピアの最も含蓄に富んだ反応は、『あらし』の中でプロスペローが自分の魔法の杖を折って、赦しを請おうと決意するところに表されているのではないだろうか。

皆様方も罪を赦されたいと望まれますなら、
どうぞご寛恕の念をもって、私を自由の身にしていただけますよう。

（「仕舞い口上」一九―二〇行）

プロスペローのこの言葉は、芝居の最後のところに置かれているが、それはまた、シェイクスピア自身のひときわ多彩な詩と劇の総体が織りなす長く複雑で曲折に満ちた行程の最後近くで発されるものでもある。この旅の途中のさまざまな地点で、個別性の強烈なヴィジョンに駆られて、シェイクスピアは奇異なものに美を見いだし、他者性によってかき立てられる憎悪と対峙し、権力にまつわる倫理上の錯綜を掘り下げ、自らの自由の限界を認めている。そういった動きは一つの同じヴィジョンに由来しているが、彼の作品に繰り返し現れる特質が、すべて同時に現れると期待してはなるまい。それらはそれぞれ違った方向に引き合い、シェイクスピアがものした複数のジャンルのうちのいずれか一つに密接に繋がっている。けれども、そういった動きは、一瞬、ちょうど突然の稲妻の閃光に照らされるように、一人の奇異な人物の中ですべて一つに合わさっているのを垣間見ることが出来るだろう。

代理と代用についてのシェイクスピアの喜劇『尺には尺を』の中に、ウィーンの変装した支配者ヴィンセンシオー公爵が、善良なクローディオの処刑を命じて、犠牲者の頭を自分のところに持ってくるよう要求した、自分の代理を務める偽善者のアンジェロを出し抜くために、どんな頭であれ、とにかく切断した頭を必要とするという瞬間がある。死罪という判決はきわめて不公平なものだが、違法ではない。クローディオは、厳密に言えば、密通は極刑に値すると規定した法令に違反している。法令はこれまで一度も適用されたことがなく、クローディオと妊娠中のジュリエットは最後の正式な婚礼の儀式を別にすれば実質的に結婚しており、アンジェロ自身がクローディオの美しい妹イザベラと密通しようと企んでいるといった事実は、有罪判決を無効にするものではない。

アンジェロに兄の助命を訴える中で、イザベラは、自分たちと同じ人間に対して権力を振るう者たちの醜い思い上がりに注意を喚起する。「ほんのつかの間、わずかな権威をまとって」、下級の官吏は、まるで神にでもなったかのように怒鳴り散らして、

怒り狂う猿のように、
高くそびえる天の御前で、奇矯な痴態を演じて、天使たちを
悲しませるようなまねをするのです。その天使たちも、もし人の感情があれば、
みんなそろって死ぬほど笑い転げていたでしょう。（二幕二場一二一―二六行）

アンジェロがどうしてこんな考えを自分に向けてきたのか訊ねると、イザベラは権威の問題に立ち戻る。

権威というのは、他の人と同じように過ちを犯すものですが、
それでも、自身のうちに一種の薬を持っていて、
それが悪徳のうわべを覆ってしまうからです。（二幕二場一三七―三九行）[5]

けれども、権力の座にある者が、自分たちの腐敗を隠蔽する――裡にひそむ悪徳を隠す覆いを作る――ことが出来るということは、ここでは問題ではない。アンジェロは先に冷静にこう語っていた。「囚人の生死を決する陪審には、／公正な評決を誓った一二人のうちにも、自分たちが審理している者より／罪の重い盗人《ぬすっと》が一人や二人混じっているかもしれ

ない」（二幕一場一九―二一行）が、そういった者がいるからといって、盗みに対する法が無効になるわけではない。同様に、密通を取り締まる法は、それを執行する代官が清廉であるかどうかに拠ってはいないのである。自分の不誠実さと、それでもなお自分の執行している判決が法的に有効であることとを意識して、アンジェロは命じる。「私がいっそう満足できるように、朝の五時までにクローディオの首を私の許に届けるように」（四幕二場一二三―一四行）。

一時的に支配の座から退いて、修道僧に身をやつした公爵は、自分の置いた代理人の背信を十分承知してはいるが、それでもなお、単純に法を不正であると宣言することも出来ないし、またそのつもりもない。そうするかわりに、彼はちょっとしたごまかしでアンジェロを出し抜こうと企てる。たまたま、その日の遅くに、どうしようもない殺人犯のバーナディーンという別の囚人が処刑される予定になっており、公爵は刑務所長に、判決の執行を数時間だけ早めて、クローディオの頭の代わりに、バーナディーンの頭を残忍なアンジェロの許に届けてはどうかと提案する。

刑務所長のことをシェイクスピアはふつうでは考えられないほど同情心の強い人間として描いているが、その所長も有罪と決まった殺人犯の寿命を縮めるという見通しにたじろぐふうはない。それどころか、所長が言うように、この囚人に限っては劇の中の誰からもいっさい同情を招くようには思えない。奇妙で、一見したところ無意味な——急速にクライマックスに迫りつつある、劇の複雑な筋にはまったく関わりのない——やりとりの中で、シェイクスピアは、なくしてもいい命を簡潔に素描してみせる。細部の一つ一つが同情をそぐように巧みに選ばれている。

公爵　昼過ぎに処刑されることになっているそのバーナディーンというのは、いったいどういう男なんだね。

所長　生まれはボヘミアなのですが、こちらの方で養育されたのです。九歳の時にはすでに刑務所に入っていました。

公爵　いったいどうして、留守中の公爵様は、これまでこの男を釈放するか処刑するかされなかったのかね。そうされるのが公爵様のいつものやり方だと聞いておるのだが。

所長　奴の友人たちがいつも執行の延期を働きかけていたのです。実際、その罪状も、今度アンジェロ様の統治になるまでは、証拠に疑いの余地がないというまでには至っていなかったのです。

公爵　で、今ははっきりしているのかな。

所長　動かしようがなく、本人も否定していません。（四幕二場一一九―二九行）

バーナディーンは彼が現在住んでいてその中で殺人を犯した市の市民ではないが、その罪を軽減してくれそうな、町に馴染みがなく事情に疎かったという口実すら持ち合わせていない。極刑に値する犯行で有罪となれば、即刻処刑になるのがふつうだった――シェイクスピアの時代のイングランドでは、クローディオの刑がそうなるはずだったように、刑は判決の直後に執行された――が、バーナディーンは九年間も刑務所に収監されていた。これは、一つには友人たちが画策したこともあり、また一つには彼の罪状に不確かなところがあったからなのだが、今や、その罪状も証明され、犯人自身これを否定していないというのである。

審理終了。現実の暮らしを造作《ぞうさ》なくいきいきと描き出す能力を具えた劇作家にも、付随的な出来事についてこれだけの細部があれば、十分と思われたはずなのだが、シェイクスピアはそれ以上を望んだ。九年間の刑務所暮らしが、殺人犯はすでに本人が値するより長くこの世にあったことを示唆しているとしても、それはまた、道徳的な改心の可能性という、この劇が繰り返し目を向ける問題を提起してもいる。悔悛したからといって赦しに繫がることは一般にはないだろう――ほとんどすべての罪人が判決が執行される前に悔い改め、創造主と向き合うことを思って恐れおののくことを期待されていたのだ――が、それでも、悔悛したということはわずかなりとも光景の凄惨さを和らげることになろうし、それだけに、切断された頭を都合よく提供するためにバーナディーンの処刑を急がせるというやりかたは何か理にそぐわないように感じられよう。

それゆえ、対話はそういう可能性を閉ざす方向に進んでゆく。

公爵　で、この男は、刑務所では悔い改めた様子だったのかな。どんなふうに感じているようだったね。

所長　死を恐れるといっても、酔っ払いが眠りを恐れる程度のものです。過去のことも、いま現在のことも、これからのこともすべて、気にもしなければ、顧みることも、思い煩うこともありません。いずれ死ぬ身であるなどお構いなしで、さっさと死んで償うしかありません。

公爵　訓戒が必要だな。

所長　聞きはしませんよ。刑務所でずっと気ままに過ごしていたのですから。ここから逃げていいと許可したって、出ていきやしませんよ。一日に何度も酔いつぶれているか、さもなければ、一度に何日も酔いつぶれているかです。いままで何度も刑場に連れて行くふうを装って起こして、執行状に見立てたものまで見せましたが、何一つ感じることはありませんでした。（四幕二場一三〇―四一行）

「死んで償うしかない」――ここに描かれているのは、実質としては道徳的にもう死んでいる男、自由を求めることも消滅を恐れることもない男の姿である。

消滅に対する恐怖を、単にこの劇の中でだけでなく、シェイクスピアの作品全体のうちで最も力強く表現するのは、死罪を言い渡されて、差し迫った刑の執行から逃れられるよう助けてほしいと妹に訴えるクローディオである。

うん。だけど、死んで、どことも知れないところに行くんだよ。
冷たい暗がりに横たわって、朽ちていくんだよ。

感覚と動きを具えたこの暖かい肉体が、
泥をこねた塊と化し、溶け出た霊魂は、
火焔の川に浸るか、さもなくば、堅く分厚い
氷に覆われた凍える地帯に住まうかするんだ。
目も明けておれないほど吹きすさぶ嵐の中に閉じ込められて、
虚空に浮かぶ世界の中を絶え間ない激しさで
四方八方吹き飛ばされるんだ。それどころか、千々に乱れて
定めない思いが想像するだに呻吟するこれらの出来事のうちで
最悪のものよりもっとひどいことにもなる――それはもう、恐ろしいったらない。
老いと傷みと赤貧と、さらには懲役までもが、生身を苛む
これ以上ないほど苦しくおぞましいこの世の暮らしも、
僕たちが死について恐れることと比べたら、
まさしく楽園というべきだ。（三幕一場一一八―三二行）

このすさまじい一節と、劇全体を包む死への恐怖という脈絡の中で、私たちはほんの一瞬

響きわたってすぐに消える奇妙なドストエフスキー的な言い回し[3]に遭遇する。温情にあふれる刑務所長と彼の助手は、何度もバーナディーンを起こして、にせの執行許可証まで見せて、これから処刑されるのだと言い聞かせてきたが、その度に、囚人がまったく心を動かされていないということを思い知らされただけだったというのである。

　だとすれば、救いようのないバーナディーンの救いようのない人生を数時間だけ縮めることを誰も気にかけないとしても、さして驚くにはあたるまい。けれども、一つの頭に別の頭の代用をさせるという考えに、刑務所長は実務的な観点から即座に反対する。アンジェロはクローディオとバーナディーンの両方と会っていて、すぐにごまかしを見破るだろうというのである。これに対して変装した公爵が答えて言う。

> 死というのは変装の名人で、それにお前さんがさらに手を加えるのだ。頭の毛を剃って、口ひげの両端を結《ゆ》わえるのだ。そして、死ぬ前にそうやって剃髪するのが悔い改めた罪人の願いだったと言うのだ。そうするのが通常の習わしであることは知っていよう。（四幕二場一六一―六四行）

一つの頭は容易にほかの頭の代用が勤まるのだ。

が、所長はさらに反対する。自分は上司の命令を履行すると誓約した公吏であり、その上司はこの件に関して明確にクローディオの処刑と、同じ日にあくまで時間を置いてバーナディーンの処刑を続けて行うように、命じているというのである。この異論に対して、公爵は、ここでもまた交換可能性という論理を拠りどころにして応じて返す。

所長　申し訳ありませんが、神父様、これは私が立てた誓約に反しています。
公爵　お前さんが誓いを立てたっていうのは、公爵にか、それとも、代理にかね。
所長　公爵様にもその代理の方々にもです。（四幕二場一六七―六九行）

職務に忠実な所長は、それから、代理に取って代わる書簡――公爵の意志の代理となってアンジェロの命令を覆す手紙――を見せられる。当然のことではあるが、どんな手紙でもいいというわけではない。書類には、代理が有効であることを示す徴――ここでは公爵の筆跡と彼の玉璽――がなければならない。所長はこれらの徴を確認するよう求められる。「お前さんなら公爵様の筆跡の見分けもつくはずだし、印形にも見覚えがあるだろう」（四幕二場一七七―七八行）。

割り印を押した手紙は、行方不明の公爵の代わりとなって、公爵の代理――代官のアンジェロ——の権威に取って代わって、一人の囚人に別の囚人の代理をさせるという計略を承認する。「執行人を呼んで、バーナディーンの頭を刎ねなさい」(四幕二場一八八—八九行)。少しだけ人の手が加えられる(頭の毛が剃られて、口ひげの両端が結わえられる)ことで、死はすべての違いを拭い去るか、少なくとも変装で覆い隠すことになろう。実際、人の手が加えられれば、生きている者のあいだですら、違いは大したことではない。さもなければ、どうして、生まれの卑しい役者が王侯を演じて観る者を納得させることに依拠する芝居が栄えることなど出来ようか。芝居の根幹をなすこの条件を反映して、『尺には尺を』のプロットは、芝居では昔からよく用いられる「ベッド・トリック」という仕掛け——暗がりではある恋人の肉体もほかの恋人のものと区別がつかないというお馴染みの知恵——を軸に展開する。代理はどこまでもとどまるところを知らない。

バーナディーンの首を刎ねるようにという公爵の命令の直後に、シェイクスピアは、ぽん引きから死刑執行人の助手に昇格した道化のポンピーを登場させて、大方は売春宿の客として彼には顔馴染みの、ほかの囚人たちの一覧を読み上げさせる。

まずは、「向こう見ず」の若旦那……。それから、「軽はずみ」の御大尽に……、こっちにいるのは「唐変木」の若造さんと、「悪態づき」の若大将、「金メッキ」の旦那と、フランス仕込みの剣術使いの「給金なし」の旦那も、肉付きのいいカモを喰いものにする女衒の「梅毒病み」の奴も、槍が得意の「一突き」さんも、旅行好きの派手な「靴飾り」の旦那も、いつも勘定をごまかす「ほろ酔い」亭の給仕もいるぜ。（四幕三場三一一五行）

つぎつぎに読み上げられていく奇妙な名前は観客を一六世紀半ばの道徳劇の登場人物たち――「流行」や「当世」、「深酒」、「欲望」、「悪事」、「青春」といった名を持つ登場人物たち――のもとへと引き戻す。名前は人物の性質や境遇を示しており――実際、こういった劇の一つは『ありふれた境遇』と名付けられている――、それはこういった人物の無名性か、あるいはむしろ、ほとんど普遍的な交換可能性を表している。誰でも、「深酒」にも「欲望」にもなることが出来る。道徳劇のうちで最も優れた作品の名前が『万人』となっているのは、そのためである。

けれども、ある異様なことが起こるのは、『尺には尺を』の中のまさしくこの箇所においてである。ふつうならありえないような抵抗を描く現実離れした場面で、バーナディーンは、処刑されるのをにべもなく拒むことで、代理によってことを運ぶという論理を破綻させる。死刑執行人の頭《かしら》のアブホーソンと助手のポンピーは、死刑囚に「起きて首を吊られる」ように呼びかける。

アブホーソン　おーい、バーナディーン。
バーナディーン　〔中から〕ガタガタわめきやがって。騒いでいるのはどこのどいつだ。おまえら、いったい何者なんだ。
ポンピー　あんたのお供の者でさあ。首吊り役ですよ。さあ、おとなしく起きて、片づけられる用意をしてください。
バーナディーン　うせろ、悪党、うせるんだ。俺は眠たいんだ。
アブホーソン　起きなきゃいけないと言うんだ、それも即刻な。
ポンピー　後生ですから、バーナディーンの旦那、処刑が済むまで起きていてください。あとは、好きなだけ寝ていてもらって結構ですから。
アブホーソン　入って、引きずり出してこい。
ポンピー　いや、やってきますよ。やってきます。藁が擦れるのが聞こえますから。

（四幕三場一八―三〇行）

「藁が擦れるのが聞こえます」――完璧なまでに簡潔なその言葉は、最低限の生活、ほとんど動物のレヴェルにまで絞った限界の生活を示している。そして、ようやく現れると、処刑を待ってずっと収監されていたこの哀れな酔っ払いの殺人犯は、どういうわけか、あくまで自分の権利を主張する。「俺は今日死ぬつもりはないからな。これは確かなことだ」（四幕三場四八―四九行）。この主張は馬鹿げている。公爵がすでに彼を処刑台に引き立てて行くように命じているのだ。けれども、公爵は、道徳的な感受性が人一倍繊細な人物とあって、すぐに思い直す。

心の準備の出来ていない者を死なせるのはよろしくない。
こんな心の状態で処刑台に移送するというのは、
いかにもおぞましいことではないか。（四幕三場五九―六一行）

道徳上のディレンマはすぐに解消される。別の囚人が先ほど熱病で亡くなったところで、この男の頭ならうまい具合に間に合うだろうと、公爵は伝えられる。バーナディーンは首の皮が繋がって、しかも、劇を締め括る、いかにも道理に合わない赦免の連発の中で、バーナディーンも釈放される。悔悛の兆候もなければ、更生を窺わせる言葉もない。ただ放免である。

ここで起こっていることが何であれ、それは現実の写実的な表象とは全くと言っていいほど関係がない。私たちがいるのは、舞台の上の喜劇の世界であって、現実の生活の世界ではない。一七世紀初期のロンドンには、バーナディーンのような犯罪者の死体を吊した柱が町を取り囲むように立っており、そういった犯罪者が自分たちの死刑執行を拒否する機会など与えられなかったことは確かである。では、いったい何が進行しているのか。バーナディーンは筋の展開のためには何の必要もない。切断された頭は、結局のところ、ほかの人物――ちょうどいい頃合いに都合よく熱病に倒れた囚人――から提供される。彼がもう少し早い時期に倒れていてくれたら、私たちも、悔悛も改心もしようとしない殺人犯が、説明もつかないまま赦されるという奇妙な見世物を見せられずにすんだのである。バーナディーンは全く不必要であり、またそれゆえに、演劇的にはじつに強烈な存在感を放っており、世界を作り変えるという芸術家の自由の象徴となっている。

けれども、この奇妙な登場人物は――シェイクスピアの緻密な目論見によって――芸術的自由の象徴などとはとても考えられない代物である。収監されて、酔いつぶれていて、不潔で、藁の中でがさごそ音を立てて、死刑を言い渡されているバーナディーンは、死を運命づけられ、肉体的で、地上に縛られたあらゆるものの具現である。劇の最後に、公爵は彼に対して言う。

お前の魂は頑なで、この世のこと以外には
何一つ見ようとせず、自分の人生もそういう尺度で
測っていると言われている。お前は死罪だ。（五幕一場四七四―七六行）

この言葉のすぐあとに続くのが、まったくありえないような赦免であり、この赦免は、自分の臣民の生死を決しうる君主の権力の徴となっているが、それ以上に、通常の社会の規則をすべて一時的に無効にしたり変更したり出来る劇作家の権力の象徴ともなっている。けれども君主の権力とは違って、劇作家の権力は、芝居小屋の壁の外側にまで広がることはない。シェイクスピアの仲間の劇作家の多く――クリストファー・マーロウやトマス・キッド、トマス・ナッシュ、ベン・ジョンソン、トマス・ミドルトンにトマス・デッカー等々――は、自分たちの書いたものの直接間接の結果として牢獄で一時期を過ごしている。

シェイクスピアが生涯を通してこの運命を免れることが出来たとしても、彼は自分もまた、低劣なバーナディーンと同様に、簡単に檻房に閉じ込められて、藁のあいだでがさごそ音を立てることになり得るということを、十分に理解していた。

『尺には尺を』は、後世なら芸術の自律性と呼ばれたであろうものの萌芽を私たちに垣間見せてくれるが、この芝居は、道徳上の曖昧さと閉所恐怖症的な感覚、そして人間の本性のうちに潜む何か御しがたい力についての恐ろしい感覚に苛まれた「問題喜劇」として有名な作品でもある。それでもなお、これが喜劇として体験できるというのは、バーナディーンに体現されているもう一つの性質――彼の強固で、予想もつかなかった、何物にも還元できない個別性――と密接に繋がっている。

劇の中ではわずかに顔を出すにすぎないが、バーナディーンは、道化のポンピーが名前を読み上げる顔のない交換可能な囚人たちとは明らかに立場を異にしている。彼が代理として使われるのを拒否するということは、彼があくまで自らの固有性、個別性を帯びていることと表裏一体の関係にある。彼が劇に自分の徴――あるいはむしろ、彼の道徳と肉体の性格を考えれば、自分のしみ――をつけるのは、一人の個人としてである。理想化されたり抽象的であったりする人物の対極にある存在として、バーナディーンのアイデンティティは、公爵が彼の魂の頑なさと呼ぶもの――まっとうな社会的規範に合致するのを拒むかあるいはそう出来ないということ――と不可分に繋がっている。

固有性を帯びたバーナディーンの姿は、本書の主たる関心事の二つへの便利な糸口として用いることが出来よう。その一つ目は、シェイクスピアがどこまで自分の芸術はそれ自体の規則に従って自由に生き得ると考えることが出来たのかというその程度、そして二つ目には、シェイクスピアが自分の文化で大切に守られてきた規範からどれほど逸脱することによって個別性を作り上げたのかというその程度である。シェイクスピアは、自律性の夢に――自分の絞首刑に対して同意するのをバーナディーンがあくまで拒否することと、バーナディーンに対する赦免を公爵があくまで認めることの両方に垣間見える夢に――魅了されている。あとで見ていくように、『夏の夜の夢』や『コリオレイナス』といった芝居には、こういった考えのずっと充実して詳細にわたる探究が見られる。けれども、彼が仕事の場とした劇場の条件と彼自身の道徳的な理解はともに、シェイクスピアが自律性の夢を芸術家自身にまで広げることを押しとどめるように作用した。

シェイクスピアは、自分の芸術が社会的な同意に依拠していることを理解していたが、彼はただ単に時代の規範に従ったわけではなかった。むしろ、以下に論じるように、彼はそういった規範を進んで受け入れると同時に、それらを顚倒させ、それまでは醜さや違いの徴としてしか表されていなかった、しみやあざ、斑点や傷痕、しわなどの中に、予想もつかない逆説的な美を見いだしたのである。ここでもまた、何物にも還元しようのないバーナディーンの——醜く、また同時に、奇妙に美しい——個別性は、出発点として便利である。

最初に口にするのが呪いの言葉で、悔悛することもない殺人犯バーナディーンはまた、シェイクスピアのもう一つの関心事への糸口としても使えるかもしれない。シェイクスピアを深く魅了していたその関心事とはつまり、絶対的な自由への夢と絶対的な個別化への夢が溶け合わさる時、いかにしてそれが御しがたく殺意に満ちた憎悪に化すのかということである。私たちはバーナディーンの犯した罪についてほとんど何も知らない。知っているのはただ、彼が誰かを殺して、その行為について何の呵責の念も表していないということだけである。けれども、彼の作品のほかのところで、シェイクスピアは、他者を否定しようとすることと個別化との関係についてたいへん詳細にわたって掘り下げている。彼がものした最も際立った登場人物の一人を例に挙げると、シャイロックの忘れがたい姿がはっきりと個別性を帯びるようになるのも、破壊したいという欲望を通してである。

シャイロックの憎悪には限界がある。結局のところ、彼は自分の敵を殺したいと望みながら、法の領域の中にとどまりたいとも願っている。そして、彼の個別化にも限界がある。というよりむしろ、劇の共同体は、彼に改宗して溶け去るよう強要しようと目論む。『ヴェニスの商人』の執筆から数年後、シェイクスピアは憎悪の問題に立ち戻って、限界も溶け去ることもない人物像を想像した。彼はその登場人物に悪魔的な芸術家——完璧なプロットを構築するために、何を前にしても止まろうとしない巧妙な劇作家——の特性を与えて、これをイアーゴーと名付けた。『オセロー』の結末でイアーゴーが話すのを頑なに拒むことは、喜劇『尺には尺を』の中でシェイクスピアがバーナディーンの物語を閉じる際に貫く何ともおかしな沈黙に相当しているが、悲劇の中でその沈黙は身も心も責め苛むものと化している。

根拠も動機もない赦免の相次ぐ場面のさなかに、バーナディーンが受ける奇妙な赦免は、本書のもう一つの関心事へと私たちを向かわせる。それはつまり、芝居の中で自分が振るう権力も含めた権力の道徳的な曖昧さについてのシェイクスピアの深い思いである。『尺には尺を』のそもそもの前提が、統治することへの公爵の違和感——彼を公衆の面前から姿を消すように仕向ける違和感——にある。彼は自分の内密の隠棲をひときわ反演劇的な言葉で描写する。

私は民衆のことを愛してはいるが、
舞台にでも立つかのように、彼らの目に我が身をさらすようなまねは好まない。
民衆の声高な称賛やはげしい歓呼を受けるというのは
確かにけっこうなことだが、私自身はどうも苦手なのだ。
それに、私には、そういうことを好む人物というのは、
信頼できる心根の人間だとは思えないのだ。（一幕一場六七―七二行）

後になって公爵は、自分が権威を代理のアンジェロに移管するのには戦略上の動機があると明かす。自分は一四年にわたって市の「厳正な法令と峻烈を極めた法律を」実行できずにおり、その結果、権威に対する敬意の念がほとんど崩壊してしまったというのである。

放埒は正義の鼻をつまんで引き回し、
赤子が乳母を殴りつけ、礼節はすべて
正道からはずれてしまったのだ。（一幕三場二九―三一行）

もし公爵が、何年ものあいだ「大目に見て好きにさせて」(一幕三場三八行)おきながら、不意に法を執行したりしたら、暴君と見なされるだろうが、彼の代理の者なら、「私の名前の陰にひそんで、的に向かって切り込むことも出来るだろう」(一幕三場四一行)というわけである。

少なくとも、こういうのが公爵の目論見だったが、しかし、この目論見はむしろ人目を引くかたちではずれてしまう。代理による法の執行は完全に裏目に出て、複雑にもつれあった偽善と偽りの訴えと中傷と権威の乱用を、公爵はただ、民衆を前にしての芝居がかった自己演技――自身が毛嫌いしていた、民衆の声高な称賛やはげしい歓呼に包まれた演技――によってのみ解きほぐすことが出来る。権力から身を引こうという彼の試みは不可能であることを露呈して、劇のクライマックスで彼が披露する、仮面を付けて、その仮面を脱ぎ、罪を赦すという巧みな状況操作は、罪のない者の命を救うことにはなる――劇は喜劇として終わる――が、彼は、街をまさしく元通りの道徳的な混乱の中に捨て置くだけに終わってしまうのである。

演劇的な権力――国家における権力、舞台の上の権力――の執行は容易に避けられるものではない。身を引こうとする公爵の試みは、シェイクスピアの芝居の中のほかでの同様の試みと同じように、予想もつかなかった、潜在的には破滅的な、結果を伴っている。けれども、シェイクスピアは、『尺には尺を』の中でクローディオが「神にも比すべき御力」（一幕二場一〇〇行）と呼ぶものをそのまま無条件に是認することはない。罪を犯して、民衆の面前で貶められたアンジェロには、この支配者は、秘められたものを見抜く能力という点で、「神にも等しい」（五幕一場三六一行）ように見えるとしても、性懲りのない放蕩者のルーシオーから見れば、「うしろ暗いところのある気まぐれな公爵のおやじ」（四幕三場一四六―四七行）にすぎない。劇は人がどちらか一方のイメージを選ぶことも、その中間のどこかに収まることすらも許さない。そうではなくて、何世代にもわたる観客が裏書きしてきたように、シェイクスピアの「問題喜劇」は、奇妙な居心地の悪い反応――アドルノとホルクハイマーが文化産業について語った「笑うべきものなど何一つないから、笑いはある」という辛辣な評言[4]が部分的に伝えている反応――を引き出す。あるいはむしろ、（自身、絶対的なものへの信念を守り通せなかった）イザベラが言うように、人間の権威・権力の演し物を見て、その栄光と途方もない馬鹿らしさには、天使たちも泣いて悲しむが、もし彼らが人間だったなら、死ぬほど笑い転げていただろう。

第二章　シェイクスピアにとっての美の徴

レオン・バッティスタ・アルベルティは、『建築論』の中の、のちに大きな影響を及ぼすことになる一節で、美とは、「ある全体の中のあらゆる部分の理に適った調和であり、何か一つでも付け加えたり、取り去ったり、変更したりすれば、損なわれることになるものである」と書いている。この定義の巧みなところは、それが一貫して具体的に特定することを拒んでいるという点である。あるものを美しくするのは、何か特定の姿かたちではない。むしろ、それは一つの全体の中のあらゆる部分の相互関係なのだ。余計なものが何一つなく、欠けているものも何もない、ということなのである。一四五〇年代にアルベルティがフィレンツェのサンタ・マリア・ノヴェッラ教会のために設計したファサードにおけるように、心地よさは、全体を構成している各要素の対称性と平衡と優雅な比率に対する感覚から生じている（図1）。こうして出来上がった全体に付け加えられたものは、いかに魅力的で目を惹こうとも、アルベルティの見方では、美を構成することはなく、装飾にすぎない。「美とは、美しいと呼びうるものの全体に行き渡っていることが認められるはずのある内在的な属性であり、一方、装飾とは、内在するというよりもむしろ、取り付けられるか加えられるかしたものという性格を帯びている。[1]」

いかにも知的なこの記述は、建物にも顔にもソネットにも等しく当てはまるものだが、これを見ると、美についてのルネサンスの記述には、シェイクスピアの手になるものも含めて、ほとんど具体性がないのはどうしてなのか説明がつくのではないだろうか。彼の作品の中には美に対する反応が至るところにあって、それらはしばしば際立って強烈だが、その大部分は、ローベルト・ムージルの言い方を借りれば、「特性がない」。ソネット六九番は、「あなたの中で世間が見ている部分には、どこを取っても、／欠けていて、こう直せばいいと人が思いつくものなど何一つない」という言葉で始まる。歌われている青年の振舞いがその内面についてはまったく違った考えを起こさせる――「あなたの美しい花に雑草のひどい悪臭を添える」――という事実は、彼の外面のかたちの無表情なまでの完璧さをアイロニカルに際立たせはするが、その完璧さを損なうようなことはない。愛される

図1　レオン・バッティスタ・アルベルティ，サンタ・マリア・ノヴェッラ教会のファサード（フィレンツェ，1470）Photo: Erich Lessing / Art Resource, NY.
〔なお，教会自体は1246年に創建されて，ファサードの下層部も14世紀に作られたゴチック様式のものであるが，1456年にファサードの上層部が付け加えられることになり，アルベルティが設計を担当した．しかし，実際に完成したのは，彼の死後の1470年である．（訳者）〕

相手の視覚的な美しさがそれを具体的に想像できるような手掛かりを文字どおり何も残しておらず、各部分が何一つ特定されていないということは、その美しさが見る者に与える効果は、個々の魅力的な属性によってではなく、理想的な比率の調和の取れた統合によって生み出されるという思いをさらに強めるだけである（図2・3）。こういった統合こそがルネサンスの芸術家たちの夢であった。私たちはそれが実現された例を、レオナルド・ダ・ヴィンチの『白貂《てん》を抱く貴婦人』のような絵の中に垣間見ることが出来る（図版1）。そこでは、完璧さの要諦を示した人体図の抽象的な曲線が、女性の衣裳や宝石や髪を描いた曲線を通して、いわば命を吹き込まれるのである。この絵には際立った、高度に個別化され、観る者を動揺させるほどの表現の豊かさがあるが、その表現性は、婦人のほとんど無表情な顔によりも、むしろ、彼女のたいへん奇妙な手と彼女が抱く白貂とに宿っている。同様に、レオナルドの手になる『ジネヴラ・デ・ベンチの肖像』でも、背景にあって棘を立てるネズの木々が、婦人の間然するところがなく心理的に近づきがたい容貌には明らかに欠けている、固有で断固とした強烈さを帯びている。

これらの容貌は、文学史家や芸術史家が示してきたように、全体を包む調和の効果を生み出すために、注意深く算定されているが、そういった算定に即した描写は、必然的に、

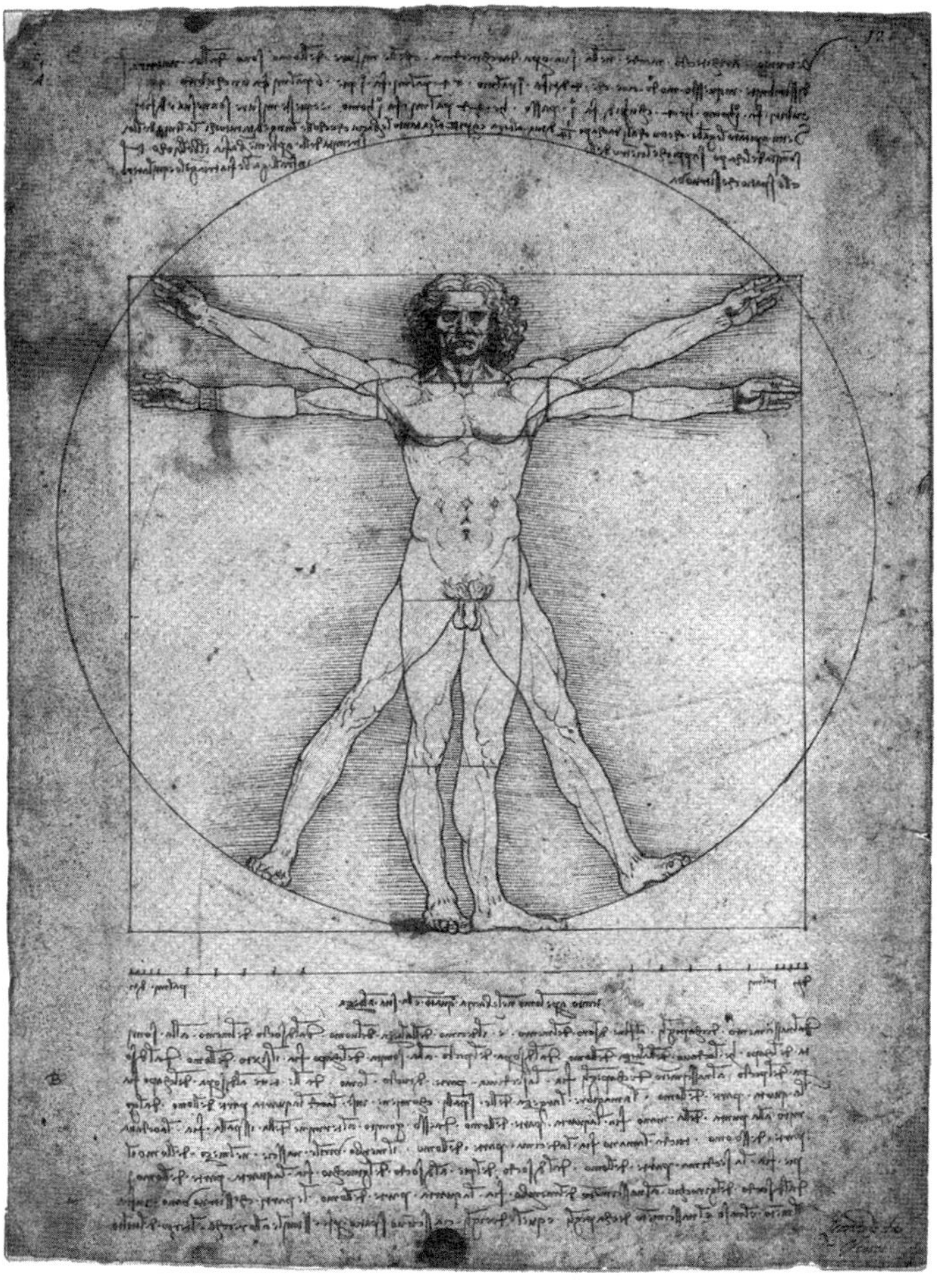

図２　レオナルド・ダ・ヴィンチ『ウィトルウィウス的人間』（1485–90年頃），アカデミア美術館（ヴェネツィア）Photo: Scala / Art Resource, NY.

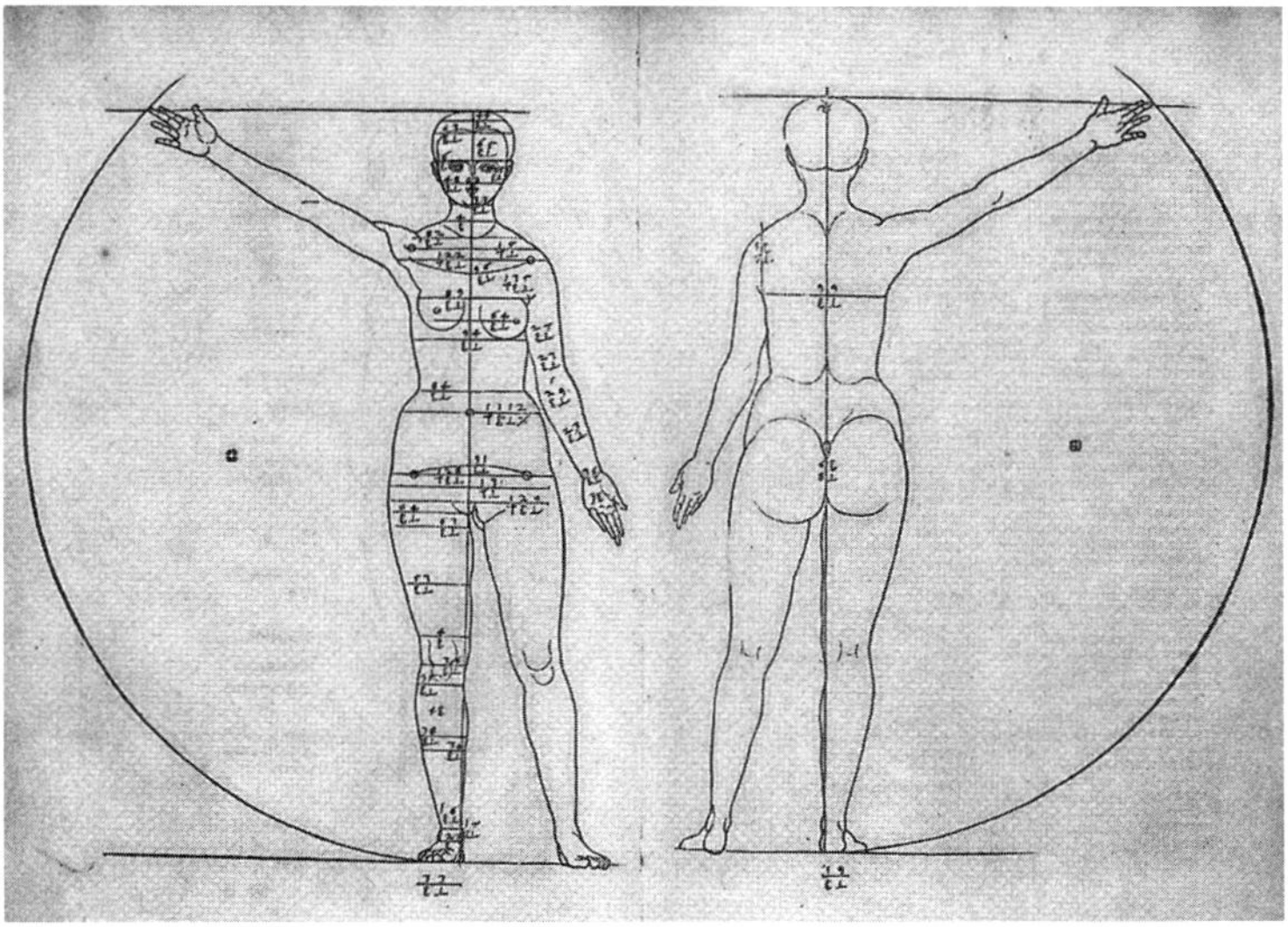

図 3　アルブレヒト・デューラー『人体均衡論四書』(1528)，ハーヴァード大学ホートン図書館.

人目を惹いて個別化を促すような徴をすべて抑えることを意味している。その結果は、ほとんど規格に沿ったような個性の欠如である。ペトラルカとボッカチオに倣って、ルネサンスの詩人や画家たちは、美の理想の規範集を作り上げて、そこでは、それぞれの構成部分が、耳たぶから足先に至るまで、綿密に図解され集成された。もちろん、才能のある芸術家は、美が機械的に再現できるものではなく、十分な効果を出すためには、vaghezza（愛らしさ）、leggiadria（しとやかさ）、grazia（優雅さ）といった特質が求められるということを理解していた。[2] けれども、存在の捉えどころがなく比類ない軽やかさを讃えたからといって、彼らが、ブレイゾン（blazon）として知られた形式、完全な美を形づくる要素を一つ一つ列挙し詳細に描写していくことに、喜びを感じるのを控えるということはなかった。[3]

一六世紀末までに、列挙のゲームはあまりに馴染みのある陳腐なものになってしまったので、野心的な芸術家たちはしばしばこれに距離を置くようになっていた。シェイクスピアも時にはブレイゾンに淫しているが、大方は、項目を列挙していくという修辞的なやり方には皮肉な目を向けている。言うまでもなく、たくさんの違った役者が自分の書いた役を演ずることを想定する劇作家が、詳細にわたる肉体的な描写を――たとえそれが理想化されたものであっても――しないでおくというのは理に適っており、ソネットの書き手が自分の愛する相手を特定されにくくすることにも、彼なりの社会的な動機があっただろう。しかし、ここには、職業上の如才なさということ以外に、美を讃えるに際して具体性を嫌うというもっと一般的な感覚がある。『恋の骨折り損』の中で、王女はこう宣言する。

ボイエット様、私の美貌など大したものではありませんが、
あなたのお褒めのような派手に飾り立てたお言葉は無用です。
美貌とは、見る者の目の判断で買われるもので、
物売りのかけ声に任せて、たたき売りされるものではありませんわ。
（二幕一場一三―一六行）

「見る者の目の判断」が、アルベルティが全体の「理に適った調和」と呼んだものを把握するのに対し、卑俗な物売りは、個々の具体的な部分部分を褒《ほ》め上げる。同様にして、オリヴィアはシザーリオことヴァイオラが一所懸命に覚え込んだ賛辞をからかう。

私の美貌の項目を一つずつ挙げておくことにしましょう。遺言では詳細な一覧をこしらえて、項目は一つ残らず記しておかなくてはいけないわ。一つ、唇二本、そこそこ

赤い、一つ、灰色の眼二つ、まぶた付き、一つ、首一本、あご一本、なんて具合にね。（『十二夜』一幕五場二二四—一八行）

ヴァイオラは、オリヴィアのからかいには、美的な意味合いだけではなく、社会的な意味も込められていることを即座に見抜く。「姫様がどんな方かよくわかりました。ずいぶん高慢でいらっしゃるんですね」（一幕五場二二九行）。

けれども、少なくともこの点では、オリヴィアは単に、あまりに詳細にわたる賛辞はかえって売り込もうとする下心を露わにしてしまうという広く共有された認識を映し出しているにすぎない。『恋の骨折り損』のビルーンは、愛する女性の美貌を賞揚しはじめる

——

ありとあらゆる顔立ちのいちばん選りすぐりの美質が
品の揃った市場《いちば》でのように、あの人のいちばん美しい頬で一つに合わさり、
そこではいくつもの美点が一つの威容をなして、
望みが望むもので、ないものなど何一つないのです——

が、自分の地口が物売りの掛け声のように響くことに気づいて、言葉を途切れさせてしまう。

ああ、こんな厚化粧の美辞麗句など、あの人には必要ないんだ。
売り子の称賛など、たたき売りの品でもあるまいし。（四幕三場二三〇―三六行）

ビルーンがロザラインの美貌の要素を列挙しようとする自らの衝動を抑えて、のちに彼が「下衆のひけらかし」（五幕二場四〇九行）と呼ぶものをきっぱりやめるのは、まさしく、彼は市場でものを売り捌いているわけではないからである。

こういったひけらかしは市場で売りに出される商品にこそふさわしいが、この市場というのは、父親が店で革手袋を売っていたシェイクスピアにとってはひときわ馴染みのある環境だっただろう。シェイクスピアの中で最良のブレイゾンが馬についてのものだというのはけっして偶然ではない。

丸いひづめに、短い関節、粗くて長い毛、
広い胸、大きく見開いた眼、小さな頭に、広い鼻孔、

そそり立つ首筋に、短い耳、まっすぐ伸びていかにもたくましい脚、
薄いたてがみとふさふさした尾、盛り上がった尻に、しなやかな皮。
(『ヴィーナスとアドーニス』二九五―九八行)

人間の美しさは、こういうふうに身ぐるみはいで一つずつ数え挙げることは出来ない。それはただ魅了された眼によって把握されるしかない。実際、人は美貌を認識するのに個々の造作《ぞうさく》に拠るということがほとんどないので、眼を閉じていても差し支えないほどである。恋を患うヴィーナスは「私に眼が欠けていて耳だけしかなくても、その耳は／眼には見えないその内面の美を愛するでしょう」(四三三―三四行)と、アドーニスに語りかける。ハムレットにとって、「世界の美」(二幕二場二九六―九七行)とは、動物の模範たる人間そのものであり、一方、イアーゴーは、キャシオーには「日々の暮らしの中にごくふつうに美が具わっていて、そのために俺が醜く見えるのだ」(五幕一場一九―二〇行)と苦々しげに述懐する。美しいものについてのこういった評価は、具体的な特性を何一つ述べていないが、だからといって、その強烈さが削《そ》がれるということは全くない。

特性がないということが、エリザベス朝の文化にあっては、人間の美の理想的なかたち

である。女王を描いた多くの肖像画では、その衣裳や宝石は細部について途方もないほどの注意を払って描き込まれているが、女王の顔の方は往々にして空虚で無表情な仮面にすぎない（図版2）。ドレスの表象では物質性がきわめて強調されているにもかかわらず、顔が仮面のように無表情なのは、おそらく、シラーが真に美しい芸術作品における「物質的なものの無化」と呼んだものか、ヴィンケルマンが美における「徴のなさ」(Unbezeichnung)と名づけた性質を、ルネサンスにあって表現しようとした結果だろう。「美とは、泉の内奥から汲まれた最も完全な水のようなものだということになる。その水には味がなければないほど、その分、いかなる異物も混じることなく純化されていて、すこやかなものと見なされる。[4]」シェイクスピアが美しいと讃える人物たちは物質から完全に自由になれているわけではないが、彼が「美」という言葉を使うとき、そこには具体的な内容が際立って欠如しているというのは、この自由さに向けての身振りである。

確かに、シェイクスピアがふだんから美と同一視する特質が二つある。一つ目は輝きである。例えば、『ヘンリー六世・第一部』の中で、サフォークはマーガレットの姿に眼が眩んでしまう。

太陽が燦めく川面に働きかけて、
もう一つのまがいの光を放たせるように、
この華麗な美女は私の眼に向けて光を放ってくるようだ。（五幕五場一八―二〇行）

そして、ロミオも墓所に葬られたジュリエットを暗闇の中のともしびに喩えてこう語る。

なぜなら、ここにジュリエットは横たわり、その美貌は、この廟を
光あふれる饗宴の場に変えているのだ。（五幕三場八五―八六行）

シェイクスピアは美の輝きという意味で"fair"という言葉を用いることが多く、作品全体ではこの言葉を七百回以上使っている。"fair"には愛らしい、鮮やかな、素敵な、あるいは、清浄なといった意味があるが、輝かしい明るさという独特な意味も持っている。そして、この金髪の明るい輝きと肌の白さとが、次に、薄く染まった頰の桃色と美しい唇の深紅を際立たせるのである。

繰り返し見られる美の二つ目の特質は、完璧ななめらかさである。ペトルーキオーは、年老いたヴィンセンシオーのことを「美しくかわいらしい乙女」として挨拶するよう、ケ

イトに命じて、「お前はこんなにみずみずしい女性を見たことがあるか」と訊ねる。そして、そのすぐあとに間違いを正す。「これは男だ、年を取って、しわくちゃで、色つやもなく、しなびている」（『じゃじゃ馬馴らし』四幕六場三〇―四四行）。しわは、シェイクスピアにあっては、繰り返し、美しさの対極として機能する。『ソネット集』の美しい若者は、その美貌を時の荒廃から守っていくために、子供を作るように強く勧められる。

四十回の冬があなたのひたいを攻め立てて、
美貌の花咲くその原に深い溝を掘るときは、
今は誰もが見とれる、あなたの若さという誇らしい仕着せも、
ずたずたの襤褸《ぼろ》と化して、ほとんど何の値打ちも認められはしないでしょう。
（ソネット二番）

こういった老いの徴が憎まれるのは、それらが人はいずれは死ぬということを表しているからである。

若さとあなたが手を携えている限り、

私は、鏡を見ても、自分が老いたなどとは思うまい。
でも、あなたのうちに時という鋤が掘った溝を見る時は、
死が私の日々をついえさせるのを悟るのだ。（ソネット二二番）

シェイクスピアの描いた世界の中の少なくとも何人かにとって、しわは単なる老い以上のものを意味している。一七世紀の占星術師リチャード・ソーンダースが、その『顔相学』という、顔（とりわけ、“metoposcopy”という元の題の言葉がひたいを表す metopo という語と見る・予見するという意味の scopy を組み合わせたものであるということが示唆するように、ひたい）の皺を解釈するための手引きを著したとき、彼は古くからの人相学に依拠していた。ソーンダースは彼が取りあげた顔の人物についてこう述べている。「ひたいにこういう皺を持った者は、変わりやすく、一定せず、不実で、人を欺して裏切る傾向があり、空いばりして、傲慢な性格である」（図4・5）。けれども、しわは、それが人相学的に何の徴候であるかということとは全く別に、恐れられさげすまれた。なぜなら、特性がないことへの夢と歩調を合わせて、シェイクスピアも、ヴィンケルマンと同様に、美とは徴がないということだと繰り返し説いているからである。

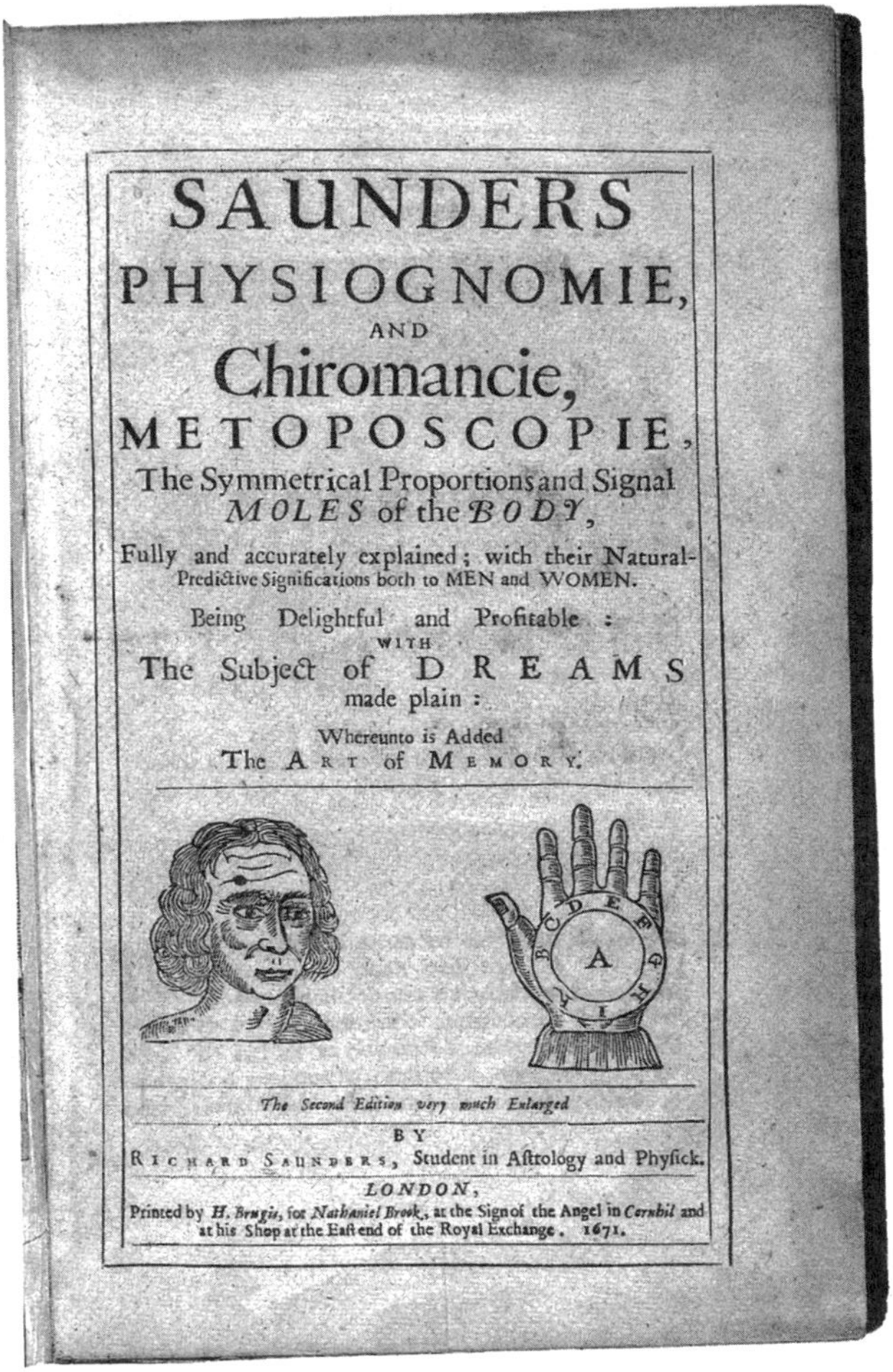

SAUNDERS
PHYSIOGNOMIE,
AND
Chiromancie,
METOPOSCOPIE,
The Symmetrical Proportions and Signal
MOLES of the *BODY*,
Fully and accurately explained; with their Natural-Predictive Significations both to MEN and WOMEN.
Being Delightful and Profitable:
WITH
The Subject of DREAMS
made plain:
Whereunto is Added
The ART of MEMORY.

The Second Edition very much Enlarged

BY
RICHARD SAUNDERS, Student in Astrology and Physick.

LONDON,
Printed by *H. Brugis*, for *Nathaniel Brook*, at the Sign of the Angel in *Cornhil* and at his Shop at the East end of the Royal Exchange. 1671.

図4　リチャード・ソーンダース『顔相学』（1653）扉絵，ハーヴァード大学ホートン図書館.

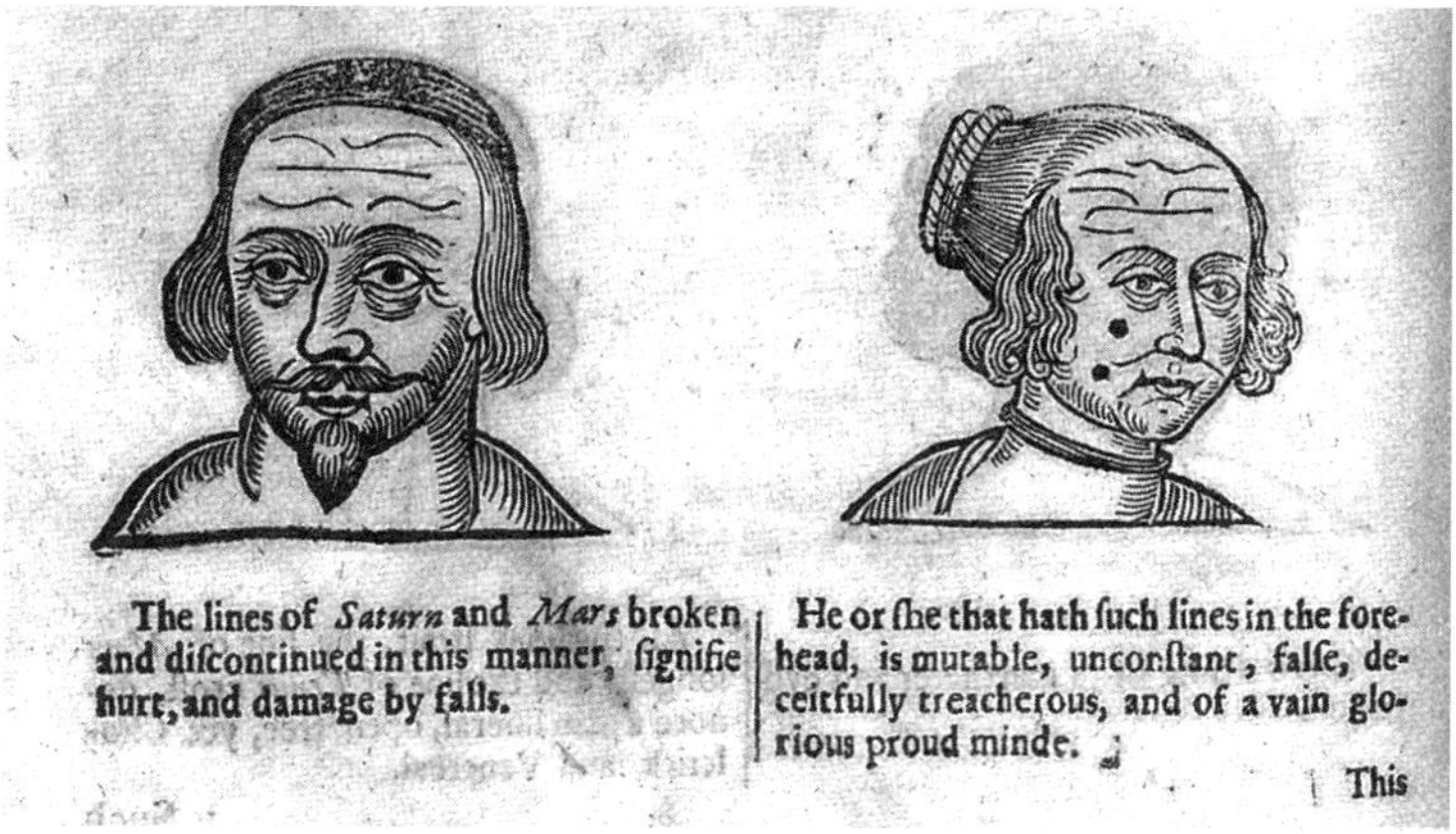

The lines of *Saturn* and *Mars* broken and difcontinued in this manner, fignifie hurt, and damage by falls.

He or fhe that hath fuch lines in the forehead, is mutable, unconftant, falfe, deceitfully treacherous, and of a vain glorious proud minde.

This

図 5　リチャード・ソーンダース『顔相学』（1653）より，ハーヴァード大学ホートン図書館.

彼の劇では、それゆえ、敵意はふつう徴を残したいという欲望のかたちを取る。怒りに駆られたグロスター公爵夫人は、王妃マーガレットに対して言い放つ。「私のこの爪でお前の美貌に迫れるなら、／その顔に私なりの十戒を刻んでやっただろうに」(『ヘンリー六世・第二部』一幕三場一四五―四六行)。自分の美貌が「あなたの甘美な胸の中でひとときをすごせるために、／世界全体の死を企てるよう」(『リチャード三世』一幕二場一二三―二四行)仕向けたのだというリチャードの主張に対して、未亡人のアンは憤然と応える。

そんなことを思ってもいいようなら、殺人鬼め、この爪で
私の頬からその美貌を掻きむしっていたろうに。
(『リチャード三世』一幕二場一二五―二六行)

そして、ポリクシニーズは、息子が百姓の娘と恋に落ちたということに腹を立てて、彼女の顔に徴をつけると脅す。

お前の美貌をイバラで掻かせて、身分よりも
もっと卑しい風体にさせてやるぞ。(『冬物語』四幕四場四一三―一四行)

傷痕というのは、しわと同じく、定義からして醜い。もっとも、中世と近代初期のヨーロッパには、この規範からはずれる二つの重要な例外があった。一つ目は、殉教者たちとキリストの肉体に刻まれた傷痕だった。これらの傷痕は悲嘆の的だったが、それらはまたひたむきな宗教的瞑想と美的関心の対象でもあった。この時期に制作された数多くの図像の中で、傷はことさらに強調されている。例えば、イエスは自分の脇腹に口を開けた傷を指し示しているように描かれ、また、シエナのカテリーナ〔1〕はそのイエスの傷に口づけしている様子がしばしば表されている。こういった図像のいくつかでは、肉体そのものが抜け落ちて、傷だけが、敬虔な見者が憐れみと崇敬と官能的な忘我に似た思いの入り交じった感情で沈思するべく、残されている（図版3、図6）。美しい傷という考えは、アッシジのフランチェスコ〔2〕の肉体に現れたキリストの傷痕と同じ傷痕——聖痕——で頂点に達するが、こういった信心は、カトリックの教えの核心とあまりに密切に繋がっていたので、プロテスタントのイングランドにそのまますんなりと移入させることは叶わなかった。シェイクスピアの描く登場人物たちは、しばしば（少なくとも、検閲で禁じられるまでは）「神の傷に賭けて」といった言い方をするが、その時の傷は、イエスの身体を飾るどころか、悪態に等しいものとなっている。

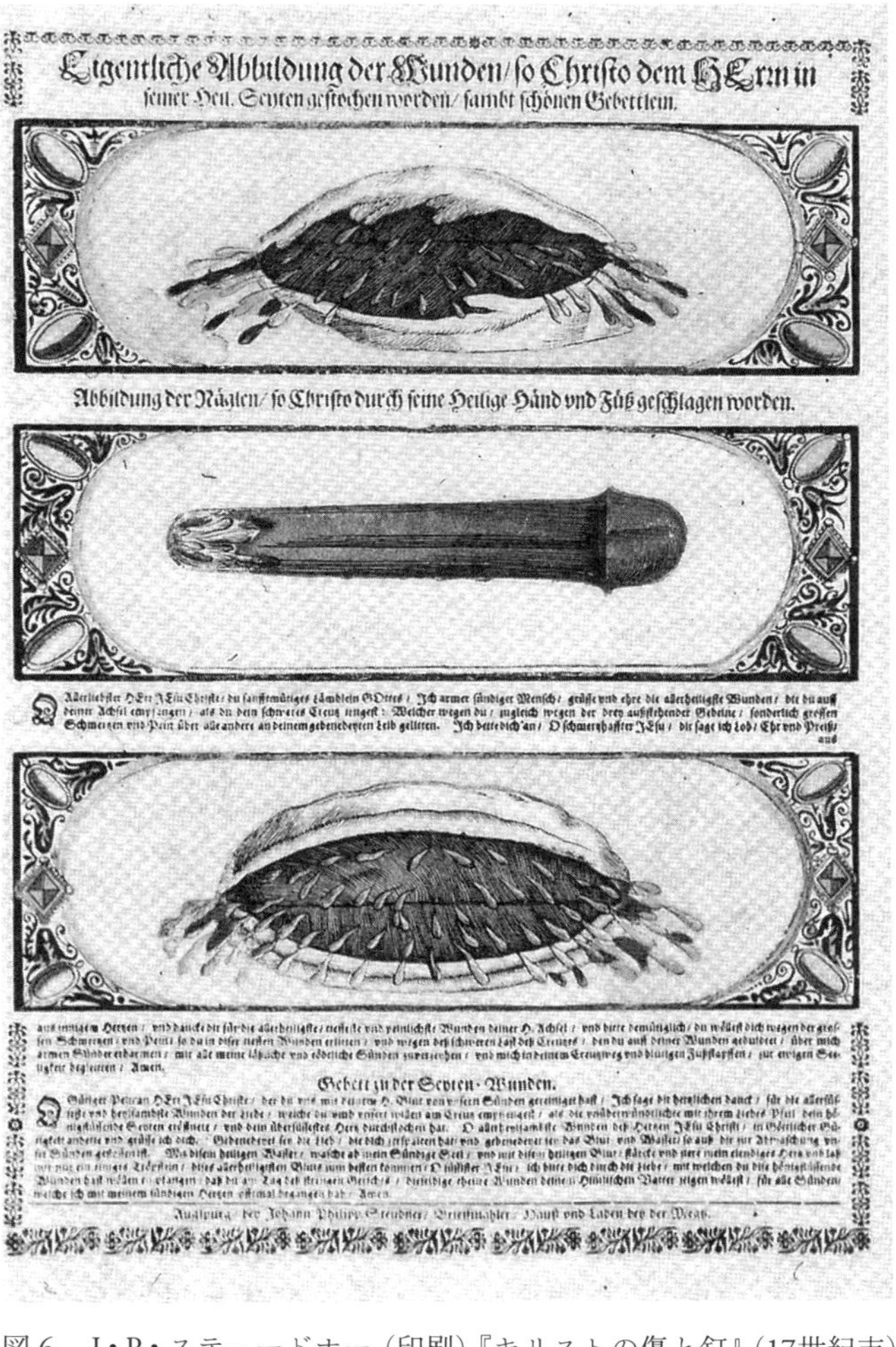

図６　J・P・ステュードナー（印刷）『キリストの傷と釘』（17世紀末），ニュルンベルク，ゲルマン国立博物館.

もう一つ、例外がある。軍人の肉体にあっては、傷は名誉の徴である。例えば、ピエロ・デッラ・フランチェスカによるフェデリコ・ダ・モンテフェルトロの有名な肖像画（図7）は、横顔を描いており、鼻に残る刀傷の痕を意図的に強調している。シェイクスピアも少なくとも一面としてはこういった戦傷に対する誇りの念を是認している。「お前の肌に刻まれた傷痕を一つでも見せてみろ」と、ヨークはサフォークに軽蔑したように語る。「そんな無傷のままの身体が勝利するなどまずないことだからな」（『ヘンリー六世・第二部』三幕一場三〇〇―〇一行）。ヘンリー五世は、アジンコートの戦いの前夜、兵士たちに語りかける。

今日の戦いに生き残る者たちは、

……………

毎年祭りの前夜に近所の者らを宴《うたげ》に招いて、
こう言うのだ、「明日は聖クリスピアンの縁日だ」、
それから、袖をまくって、傷痕を見せて、
こう言うのだ、「わしがこの傷を負ったのは、クリスピアンの日だった」と。

図版 1　レオナルド・ダ・ヴィンチ『白貂を抱く貴婦人』（1484–90），チャルトリスキ美術館（ポーランド，クラクフ）Photo: Nimatallah / Art Resource, NY.

図版2　ニコラス・ヒリアード（推定）『エリザベス一世の〈不死鳥の肖像〉』（1575年頃）Photo ©National Portrait Gallery, London.

図版 3　マグダラのマリア伝説の巨匠『キリストの五つの傷』（1523年頃）

図版 4　ヒエロニムス・ボッシュ『キリストの嘲弄』(1490–1500年頃)
Photo © National Portrait Gallery, London / Art Resource, NY.

図7　ピエロ・デッラ・フランチェスカ『フェデリコ・ダ・モンテフェルトロ』(1465年頃)，ウフィツィ美術館（フィレンツェ）Photo: Scala / Art Resource, NY.

（『ヘンリー五世』四幕三場四一、四五—四八行）

ヴォラムニアはさらに熱狂的に自分の勇猛な息子の肉体の「大きな傷痕」を讃える（二幕一場一三三—三四行）が、こういった傷痕を「美しい」と呼べるのは、コリオレイナスのすさまじい母親だけである。

ヘキュバが幼いヘクターに
乳を与えた際の、その乳房ですら、鮮血を散らす
ヘクターのひたいほどには美しくなかった。（『コリオレイナス』一幕三場三七—三九行）

ヴォラムニアが傷を美的で官能的なものと見なすということこそ、まさしく彼女の間違っている点である。実際、これに相当するような、女性がその身体についた傷痕のためによリ美しく見えるといった考え方は、まず確実に、シェイクスピアの作品のどこにも見られない。

シェイクスピアの作品の中で唯一本物の女性の戦士である小娘のジョーン（ジャンヌ・ダルク）ですら、しみ一つない自身の美貌を誇りにしている。フランスの王太子に向かっ

てジョーンは、自分は羊飼いの娘として育って、「太陽の焦げつくような熱に頬をさらしてきました」（『ヘンリー六世・第一部』一幕三場五六行）が、聖母マリアが立ち現れたことで変容を遂げたのだと語る。

それまでは真っ黒に日焼けしていましたのが、
聖母様が注いでくださった鮮やかな光を浴びて、
ご覧いただけるような美貌を授かったのです。（一幕三場六三―六五行）

軍人のオセローもまた、妻の命を奪おうとしながら、相手の美しい肌のなめらかさを損なうことには耐えられない。

それでも、彼女《あれ》の血を流すようなことはしないぞ。
そして、雪より白く、彫像の大理石のように
なめらかな彼女《あれ》の肌を傷つけるようなこともすまい。（『オセロー』五幕二場三―五行）

オセローのデズデモウナ殺しには、彼女が自身に招いたとオセローが信ずるおぞましい汚点を取り除いて、彼女を、自分が欲するとおりの、なめらかで変わることのない美の理想

に戻したいという、頑なで倒錯した夢想が潜んでいる。

死ねばこうなるのだ。そして、俺はお前を殺して、
その後でお前を愛することにしよう。(五幕二場一八―一九行)

これが、時にも経験にも侵蝕を許さない――老いや傷がもたらしうるしみや傷痕をいっさい寄せ付けない――美という夢の無残な結末である。デズデモウナの肌の傷を考えることは、オセローにとっては、死んだデズデモウナを考えることよりも、おぞましいのである。

けれども、シェイクスピアの世界で最も醜いのは、老いや怪我によるのではなく、生まれながらにある損傷である。『ジョン王』の中でコンスタンスが人を「醜く、お前の母の子宮にとって恥辱の種に」してしまう汚損の数々を列挙していくとき、なかでもひときわあざが強調されている。

不快な汚点や見るに堪えないしみ、
足が萎えて、愚かで、せむしで、黒く、異形の、
醜いいぼや目に毒なあざが貼りついている。(二幕二場四四―四七行)

人目を引くあざは、ときに、個人的な不幸であると同時に、凶兆——世の将来の不幸の前兆——であるとも解された。それが「お前の母の子宮にとって恥辱の種」と見なされることがあったのは、母親が妊娠しているあいだに目にするか夢に見るかしたことがそのあざを引き起こしたのかもしれなかったからである。この恥辱に対する強い恐怖の念があるからこそ、『夏の夜の夢』の終幕で、それぞれ寝所に退いて愛を交わしていると想定されている新婚のカップルたちに向けられる祝福は、ことさらに、彼らの子供たちの肉体に現れるかもしれないあざの脅威に焦点を当てているのである。妖精たちが館じゅうを飛び交う中を、オベロンは歌う。

造化の女神の手になるしみが
彼らの子たちの上に出ませぬよう、
いぼも、兎口も、傷も、
生まれながらに侮られるような
奇矯な徴も、
子供らの上に出ませぬように。（五幕二場三九—四四行）

こういったことはすべて、言うまでもなく、完全に常套に則ったものであり、ということはつまり、時代の弁別や反応、表象のパターンを支配する内面化された文化的な指標体系の一部なのである。(5) あざは当時も現代と同じように数多くあったはずだが、何千にも及ぶルネサンス期の肖像画や美術館の壁を覆う何エーカーもの裸の肉体に、あざが描かれることはほとんどない。あざを消したいという強迫的な思いはきわめて強く、おそらくそれが、そもそも自分の肖像画を描いてもらいたいと希望する動機の一つだった。例外も——例えば、一五五四年のメアリー・テューダーの肖像画（図8）のように——あるにはあったが、こういった例外は、完全な美という夢を断念したことを示して、それゆえ、むしろそういった夢が文化を支配するその強さを裏づけるだけになりがちだった。

その夢は、ローマ——とりわけ共和制下のローマ——の肖像とルネサンス期の肖像との根本的な違いを示すものだった。なるほど、ルネサンス期の芸術家たちは当時盛んに発掘されていた古典古代に由来する胸像にはっきりと見て取れる個性を美的に処理する卓越した技に魅せられており、一五世紀から一六世紀にかけての彫刻家の中には、これらの技を真似て見事にこれと伍していった者もあった。イタリアとそしてそれ以上に北方の画家たちも、性格や時代、経験によって拭いがたく徴づけられた、個別の顔の驚くべき表象を産

図 8　アントニス・モル『女王メアリー一世』(1554)，プラド美術館（マドリード）Photo: Scala / Art Resource, NY. 円で囲った，右頬のほくろに注目されたい．

み出した。けれども、美の典型となるものを表象しようとするときには、ルネサンスの芸術家たちは、ごく当然のようにして、特徴的な徴をすべて消し去ったのである。

何世紀もかけて進行したこの美意識の転換に貢献した多くの要因のうちで、最大のものは、キリスト教が発揮した変容の力だった。何世紀にもわたって、イエスとマリアはともに、文字通りの意味でも、比喩的な意味でも、ほかではありえないかたちで、しみも汚れもなく生まれてきた、穢れのない存在として描かれるのがふつうだった。一七世紀のイギリスのある牧師は書いている。美しさとは「それぞれ別の三つの点からなっている。つまり、各部分のかたちの完璧さ、その各部分が互いに正しく均衡が取れていること、色がすぐれていて純粋であること、の三つである。こういったことはすべて、キリストの魂において完全無欠の状態にある[6]」。そして、この説教師はさらに言葉を継いで、完全な美しさを凝縮させているのは、キリストの魂だけではなく、彼の肉体もである、と述べている。私たちは人が目にする可能性のある最も甘美な美しさを持っているのは子供たちだと考えるが、「その美しさにすら、キリストにはない何らかのしみや汚点、あるいは、何らかの感知しえないような種類の欠点が――それが何であるか、そして、それを何と呼べばいいか、私たちにはわからないが――あるのだ[7]」。

こういった瑕疵《かし》は、キリスト教で昔から取られてきたこの見方では（それは、カトリックとプロテスタントを隔てる境界をたやすく踏み越えてゆく見方だったが）、あらゆる人間をその懐妊のとき以来穢《けが》している内なる罪の外面的な徴だった。もし私たちが完全に清明な目で見ることが出来たなら、私たちは人間のはかない肉体の中に称賛すべきものなど何一つ見いださないだろう、というのである。

羞《は》じらいに薄く染まって美しく見えるあの頬も、私たちの罪の色以外何も持っていないことがわかろう。私たちがその甘美さゆえに褒めそやすあの唇も、よく考えれば、腐って悪臭を放っているだろう。象牙のように白く見えるあの歯も、一番汚い煙突の煤《すす》のように、誹謗と中傷に黒く染まっていることに気づかなければならない。美しく波打つ髪も、群がる蛇か、巨大な赤い竜の孵《かえ》ったばかりの子の群れのように見えるだろう。ひときわ白く繊細に見える手も汚れて血に染まり不浄と映るだろう。(8)

私たちが互いのことを嫌悪せずにいるのは、単に、私たちの視力に生まれつき欠陥があるからにすぎない。「我々、このあわれな我々は、目の見えないモグラかコウモリにすぎない。」私たちが盲目でなかったなら、真に美しいのはキリストだけである――「キリストの肉体以外のどんな肉体も」美しくない——ことを見て取っていただろう。

　こうして、人間は、キリストにおいて、そして、キリストとともにあるときにのみ——救済された人々の蘇った肉体においてだけ——その見苦しい穢れを浄められるのである。神学者たちによると、最後の審判では、救われた福者の肉体の上の傷痕やしわやほかの徴はすべて消えて、それぞれの肉体はみなその完全な姿かたちを達成するだろうという。あらゆるかたちの「汚点」——一七世紀の聖職者で自然哲学にも通じていたジョン・ウィルキンズが列挙したように、「しみ、よごれ、黒ずみ、きず、ほくろ、そばかす、あばた、斑点」——は消されるだろう。[9] 生涯のあいだに失われたものは——トマス・アクィナスの『神学大全』によれば、歯のエナメル質も含めて——すべて完全に回復されるだろう（しかし、聖なる殉教者の傷は、名誉の徴として、見え続けるだろう）というのである。[10]

　ルネサンスの肖像を形づくるのに寄与した夢とは、この救済されるか蘇るかした顔——うつせみの不完全さを拭《ぬぐ》われ、（モデルの実際の年齢幅を考えれば）驚くべき頻度でイエスが亡くなったのと同じ三三歳頃のものとして描かれた顔——への夢である。この年齢はしばしば、イエスが人として達した完璧な美の極み——「人の子のうちで最も美しく、その目と顔と手と肉体全体を通して、聖なる美の光線が内側から絶え間なく発せられているというありよう」[11]――を表していると言われ、そのために、救済された者はみな、実際に亡くなったときの年齢の如何にかかわらず、この年齢で蘇ることになるとされたのである。この消去と肉体の無欠さへの願望の長い歴史を念頭に置いて初めて、清教徒のクロムウェルがサー・ピーター・リーリーに与えたと言われる指示がいかに異例なものであったか理解することが出来る。「リーリーさん、私を真にあるがままに描くために、持っている限りの技を駆使してもらいたい。私をおだてようなどとは一切せずに、醜いところも吹き出物もいぼもすべてそのまま描いてもらいたい。そうでなければ、この絵にはびた一文払わないからね。[12]」その政治においてと同じく、その美意識においても、クロムウェルは、ものごとの既存の秩序を顚覆させていたのである。

中世から近代初期にかけてのヨーロッパで、あざやそれ以外の変更しようがなくほかと区別のつく肉体の上の特徴が、日頃から念入りに調べられた一つの重要な領域があった。人別改めの業務である。この時期の身元を特定する徴について、すぐれた書物を著している歴史家のヴァレンティン・グレーブナーは、特別に編成された一行が合戦のあとに激戦地をめぐって、死体から衣服や武器をはぎ取って、売り歩いたと述べている。その結果、死体はたいがいは裸で、身元を特定するのが難しく、そのため、どの死体を丁重に葬り、どれを急いで掘られた溝に放り込めばよいか決めるのが一苦労だったという。(『空騒ぎ』の冒頭でのやりとりが思い起こされよう。リオナートがドン・ペドロからの使者に「この度の作戦で命を落とされた方は何人くらいになるのか」と訊ねると、使者は「身分を問わずごくわずかで、名のある者は一人もいません」〔一幕一場五―六行〕と答える。) 縁者や親しい友人、小姓などが「名のある者」たちの遺品を特定するために呼び出されることになる。例えば、一四七七年に、シャルル禿頭王の裸で凍りついた死体は、王に仕えた小姓によって発見された。この小姓が、欠けた前歯と腹部のただれ、極端に長い爪、首の上に残されたよく見覚えのある傷痕を確認したのである。身元は、肉体の内部と表面に記された徴によって、確定されたわけである。

近代初期のヨーロッパにおいては、地位の高い軍人以外にも、変更しようがなくほかと区別のつく肉体の特徴が重要視され、それゆえ身元の特定のために注意深く記録された人物の範疇がいくつかあった。ルネサンス期の官吏は、家畜と同じように個人の資産と見なされた者たちや、実質的に国家の資産だった者たちに、特別な関心を持っていた。出納簿には、奴隷の肉体の徴となるもの――肌や髪の色、傷やいぼのかたちや位置も含めて――の詳細が記録された。同様に、見分け人たち――と呼ばれたのだが――が、謀反や異端を疑われた者たちの正確な記述を携えて、港や居酒屋や人が出入りするほかの公共の場に潜んでいた。「悪党を逃がしなどするものか」と、グロスターは息子のエドガーについて息巻く。

国中が
あいつのことをきちんと見分けがつくように、
いたるところに似顔絵を送ってやろう。（『リア王』二幕一場八一―八四行）

さらに、有罪とされた犯罪者は、生涯の残りを通して自分たちが犯した罪の消しがたい記録を持ち運ぶべく、当たり前のように焼き印を押され、身体の一部を切断された。

肉体に対するこの関心は、美について述べてきたことと全く矛盾するものではない。アイデンティティと美は、この時期、別個のものであり対立さえしていた。なめらかで、しみ一つなく、輝くように美しく、そして本質的に特徴のない顔と肉体は、文化的な理想である。この理想を素地・背景として、シェイクスピアはあれほど多くの注目すべき人物像を見事に成型しているのである。

けれども、こういったきわめて個別化され慣例に著しく背いた人物をもっと詳しく見る前に、慣例に従って理想化された美についてのシェイクスピアの見方につきまとう何か懸念のようなものに注目しておくことが大切だろう。正しい小箱を選んだあとで、バッサーニオーは問う。「これはいったい何だろう。美しいポーシャの似姿だ。」その後に、いかにも奇妙な描写が続く。

この半開きの唇は
砂糖のように甘い息で二つに分かたれている。これほど甘い杙《くい》なら
どんなに親密な友でも分けるはずだ。この髪のところでは、
画家は蜘蛛を演じて、蜘蛛の巣に掛かる羽虫よりも
しっかりと、男たちの心を捕らえる金の網を
編み上げている。でも、この両の目ときたら、
こんなものを描くなんて、どうやって見ることが出来たんだろう。
一つ描けば、その目が画家の両目とも眩ませて、
それ以上描き進むことなど出来なくするだろうに。
（『ヴェニスの商人』三幕二場一一四―五、一一八―二六行）

これはおそらく、恍惚——美的でかつ官能的な忘我——の瞬間なのだろうが、その言葉はむしろ吐き気に近い感覚を帯びている。半開きの唇、蜘蛛の巣のような髪、見るものの両目を眩ませるという奇怪な力を帯びた一つの目。これが美というなら、醜さとは何だろう。ここではいったい何が起こっているのだろう。

たぶんバッサーニオーは美についてではなく表象についての不安を表しているのだろう。彼が眺めているのは、結局のところ、ポーシャの肖像であって、ポーシャ自身ではないのだ。（その事実は、それ自体、演劇的に少し変である。バッサーニオーが自分の肖像について、長広舌を揮《ふる》っているあいだ、ポーシャは脇に立って待っていなければならないのだから。）視覚的表象を言葉で表現し直すことをエクフラシスというが、ここでのエクフラシスは、画家の不気味な力——「天地創造にも近づくとは、／いったいどんな半神なのか」（三幕二場一一五—一一六行）——と、そういう力によってかき立てられる恐怖の質に焦点を当てている。何年ものちに、『冬物語』の中で、シェイクスピアは、自然の偉大な創造力と肩を並べようとする芸術家の奇怪な能力という主題に立ち戻って、そういった能力が引き起こす不安を回避しようとする企てを舞台に表現した——「もしこれが魔法なら、それは飲み食いと同様に法に適った技ということにしよう」（五幕三場一一〇—一一一行）。

けれども、『ヴェニスの商人』で不安をかき立てるのは、美の表象だけではない。美そのものが問題を提起しているのである。バッサーニオーは、一世一代の選択をする直前の台詞で、見るからに魅惑的な金と銀の小箱を選ぶのではなく、「みすぼらしい鉛」（三幕二場一〇四行）で出来た小箱を開けるように自らに言い聞かせるのだが、その台詞の中でこの美についての問題を明確に言い表している。

美貌を見れば、
それが厚化粧で目方を増やして得られるということが理解できよう。
これは自然界に奇跡をもたらすものだ。
一番塗りたくって重さを増した者が、一番軽くなるのだからな。

（三幕二場八八―九一行）

「奇跡」――物理の法則の侵犯――というのは、もちろん、冗談である。美貌という外見を作り出す化粧が厚くて重ければ重いだけ、女は軽く（つまり、より淫らに）なるというのである。[13]

ここで表面化する、女性への不安と嫌悪の念は、美貌を罵る長い伝統に沿ったものである。ルクレティウスは『事物の本性について』の中のよく知られた一節で、男たちは「熱い思いに目が眩んで」、女たちが実際には持ってもいない性質を持っているように見なしたがる、と述べている。[14] この記述に従えば、美貌というのは欲望を投影したものであり、恋する者が自分が最もはっきりと見ていると考える瞬間こそが、彼が最も目が眩んでいる瞬間なのである。ルクレティウスは、こういった男からすれば、「浅黒い肌は〈黄金《こがね》に輝く蜜のよう〉であり、だらしのない女は〈飾り気のない美女〉となり、……筋張って潤いのない娘は〈カモシカ〉と呼ばれ、ずんぐりして背も低いのは〈美の三女神の一人、あらゆる魅力の精華〉とされ、一方、のっそり歩く大女は、〈驚嘆の極み、威容の具現〉ということになるのだ[15]」と、婉曲語法の例をつぎつぎに繰り出す有名な下りで、これを揶揄している。

シェイクスピアも、『ヴェローナの二人の紳士』の中で、美しいシルヴィアに恋してその思いを切々と訴えるヴァレンティンと召使いのスピードとのやりとりに、この揶揄を用いている。

スピード　あの女《ひと》が元の姿をなくして以来、ご覧になったことがないでしょう。

ヴァレンティン　いつから元の姿をなくしたのだ。
スピード　旦那様が恋して以来ですよ。
ヴァレンティン　僕はあの女《ひと》を初めて見て以来、ずっと恋しているけど、いま見ても
ちっとも変わらずきれいじゃないか。
スピード　恋しているなら、あの女《ひと》のことなんて見えませんよ。
ヴァレンティン　どうしてさ。
スピード　恋は盲目ですからね。（二幕一場五六―六三行）

古代の哲学では、盲目を癒す方法――感情が高ぶって目に映る像がずれたり変形したりすることから人を護る冷静な無関心の状態に戻る方法――は、バッサーニオーの言葉を借りれば、美貌がどれほど「厚化粧で目方を増やして」いるかを認識することである。ルクレティウスは書いている。最も美しい女でも、人工の美顔料をふんだんに使っていて、あわれなことに「それはもう汚い香料で［ぷんぷんさせているので］侍女たちはそばに近づかないようにして、陰で笑いものにしている」。一方、恋人の方は、両腕にいっぱいの花を抱えて、戸口に立って、「扉に向かって熱烈なキスを」繰り返している。ところが、扉が

開いて「入る際に、ひとたび鼻で息を吸おうものなら、何とかしていとまを乞うもっともらしい口実を見つけようとして、……この世の者にありうると考えられる以上の性質をその女が持っているなどと自分が考えていたのだと気づいて、即刻その場でおのれの馬鹿さ加減を悟るのである[16]」。

この視点を踏まえて、バッサーニオーは、小箱を前にして、自分の高まる欲望を冷まして明晰に物事を見て正しい選択が出来るように努めている。問題は、彼がその選択をして令嬢の肖像を見いだすと、彼が口にする称賛の修辞は、それまで治療のために自分に課しみきたアイロニーの積み重ねに毒されて、恍惚とした称賛の念を表現しようとする彼の試みは、は、吐き気となって口を突いてくるのである。

シェイクスピアの中には同様の瞬間がほかにもたくさんあって、それらはしばしば化粧についての強迫的な関心と繋がっている。ハムレットはオフィーリアに告げる。

お前たちの化粧についてもいろいろ聞いているぞ。神から一つの顔を授かりながら、お前たちはそれを別の顔に仕上げているのだ。何かというと跳びはねて、くねくね歩いたかと思えば、舌足らずに話してみたり、神の手になる生き物に余計な名前をつけてみたり、淫らなまねを繰り返しては、知らずにしたことなどと居直るのだ。ああ、むかむかする。もうまっぴらだ。おかげでこっちは気が狂ってしまった。

（三幕一場一四二—一四六行）

けれども、ここでのハムレットの吐き気を伴う女性嫌悪は、彼の精神が病んでいることの徴であって、彼の哲学的な英知の徴ではない。美貌に対する不安は、シェイクスピアの中で繰り返し表明されているが、その度にそういう不安は退けられている。なぜなら、シェイクスピアは、欲望には強迫的で不合理で幻想を煽るような力——『夏の夜の夢』の中で惚れ薬が引き起こしたとされているものの全て——があることを認めながら、同時に、その欲望を進んで受け入れてもいるのである。彼の芝居は繰り返し、主観の投影の心理的な作用とその影響の大きさを探っているが、観客がポーシャやジュリエット、シルヴィアやオフィーリアの美しさについてアイロニカルな目を向けるように誘われているとは思えない。むしろ、観客は幻想の状態に入っていって、美の魔力に服するように誘われているのである。

シェイクスピアのすぐれて斬新な点は、彼が支配的な文化的規範を侵犯するような美のかたちに向かうとき——実際にたびたび向かっているのだが——、魔力はむしろ高められるということである。肌の黒さゆえに、ビルーンに「ここまで黒くない顔は美しくない」（『恋の骨折り損』四幕三場二四九行）と言わせる、機知にあふれるロザライン、「日の神ポイボスに愛を込めてつねられて黒くなって、時とともに深くしわを刻まれた」（『アントニーとクレオパトラ』一幕五場二八—二九行）と自ら称する抗いがたく魅惑的なエジプトの女王、そして、とりわけ、その目は太陽になどちっとも似ていない『ソネット集』（ソネット一三〇番）の輝かしい女性——。これらの人物たちは誰も厳密には理想像を否定しているわけではない。称賛はつねに逆説——欲望は物事のまともな秩序を揺るがしてしまうということを露見させるもの——と理解されているからだ。けれども、美はこの逆説を経てもなお輝きを保っているのである。

“tan”（なめす／日焼けさせる）という言葉が、完全に否定的な意味合いを含んでいた——時の変転が「神聖な美をも褐色に焼けさせる」とソネット一一五番は嘆いている——世界では、色の黒さを讃えることは、愛に憑かれた心が目を眩ませて見えなくさせるその力に対するひときわすぐれた賛辞である。

実際、私はお前を私の目で愛しているのではない。
目はお前の中に千もの過誤を見つけているのだから。
そうではなくて、目が蔑むものを私の心が愛するのだ。
心は、目がどう見ようとも、溺愛しようとするのだ。（ソネット一四一番）

少なくともここでは、目は欺されていない。けれども、ダーク・レディーへのソネットのほかのところでは、「病める欲望」（ソネット一四七番）は正しく見たり判断したりする恋人の能力を損なっている。

ああ、恋は何という目を私の頭に埋め込んだのか。
それは、真に映るもの（true sight）と何の照応もしていないのだ。
あるいは、しているというのなら、目が正しく見るものを
誤って判定するとは、私の判断力はどこへ失せてしまったのか。（ソネット一四八番）

誤って判定するというのは、「真に見る目（true sight）」が醜いと知っているものを美しいと見なすことであり、それゆえ、目の証言に反駁すること、シェイクスピアがソネット一

五二番で言うように、「目が実際に見ているものに対する断固たる反駁を、その目に」させること[3]である。

この反駁が引き起こすのは、シェイクスピアによる表象——愛する相手についての表象だけでなく、自身の声についての表象——における奇妙で重大な転換である。詩人は自分が知覚したものかあるいは自分の判断に反論している。彼は「偽証した目」なのである。

なぜなら、私はお前を美しいと誓った——真実に反して
こんなにひどい嘘を誓うのだから、それだけいっそう偽証した目だ。

（ソネット一五二番）

そして、この断新で、強迫的で、葛藤を抱え、自意識を帯びて語る声は、詩の語り手が美貌の青年に対してはけっしてしないことをする。つまり、彼は自分の名前を特定しているのだ。彼は自身を「ウィル」と呼んでいる。[17]

シェイクスピアによる最も真剣な美の称賛は、繰り返し、特性がないという彼の属していた文化の理想を侵犯している。そして、この侵犯から、アイデンティティ——個別で、ほかと区別され、独特で、ほかにはないアイデンティティ——が出現してくるのであり、

この出現こそが、詩人だけでなく、ダーク・レディーを初め、彼の作品の中で逆説的な美を帯びた人物たちを、特徴づけているものである。彼らについての描写が規範に沿った美の持ち主についての描写よりも詳細にわたっているというわけではなく、色黒であるということが色白であることよりも珍しいわけでもないが、規範からはずれるということ自体が、個別化を体現している。

『ソネット集』のダーク・レディーやクレオパトラを描くことで、シェイクスピアは完全さの美意識――アクィナスが integritas, consonantia, claritas と定義し（ジョイスのスティーヴン・ディーダラスが「無欠さと調和と輝き」と訳し[4]）た特質を具えた美の理想のかたち――から自分がいかに隔たっているかを意図的に徴づけているように見える。正しい比率や調和や均斉を具現した人物に代わって、私たちが目にするのは、当時の見方では「穢れて」いるが、なおも、その穢れが抗いがたく動揺を呼び起こすような彼らの魅力の一部をなしている、そういった姿の人物たちである。

シェイクスピアには、章の冒頭で見たアルベルティの説いたものとははっきりと異なった、美の概念が手近にあって、用いることができた。こういった概念では、ほんの少しだけ醜さを添えるという技法が、美をよりいっそう鮮やかに際立たせるために、広く培われた。黒いタフタかごく薄いスペイン産の革の小片を星や新月やダイアモンドのかたちに切り取って、それを顔に貼り付けるという風習は、一六世紀末頃に始まった（図9）[18]。最新の流行につねに気を配っていたジョン・リリーは、「ヴィーナスには頬にほくろがあって、それが女神をひときわ魅力的にしており、ヘレネーには、下あごに傷痕があって、それをパリスはCos amoris、愛の砥石と呼んでいた[19]」と書いている。こういった「愛の斑紋」——と一七世紀には呼ばれるようになったのだが——は、その周りの肉の美しさをいっそう際立たせるとされていた[20]。

シェイクスピアはこの強調と対照の原理をたいへんよく理解していた。性的に刺激されたアンジェロはイザベラに告げる。

　　これらの黒い仮面は
美貌がおもてに広げられたときよりも十倍も声高に、
うちに隠された美貌を告げ知らせているのだ。（『尺には尺を』二幕四場七九—八一行）

けれども、シェイクスピアの描く逆説的な黒い美というのは、白さやなめらかさをより引き立たせるための試みというのとは異なっている。美は愛する相手のアイデンティティの

図９　『行商人』(『改革の取引所』〔1640〕より）と『付けぼくろの貴婦人』(ブルワー『人間の変身』〔1650年頃〕の中の木版画による).

中に――規範の期待に沿うことのない、奇態で独特で不完全な面も含めたアイデンティティの中に――内在している。これは、有機的な完璧さを基軸にするのではなく、粗暴さと偶発性と不確実性を基軸とする官能の原理である。そして、そういった性格からして、この原理は、対象を理想化しようとする称賛の言語のただなかに、愛を描く芸術とアイデンティティの確立を描く芸術を結合させるための場を作り出すのである。

この結合は決定的に重要である。なぜなら、それは、「理に適った調和」や完璧なかたちの完全性よりも、シェイクスピアの芝居を貫く美意識にはるかに近いからである。これらの芝居については、「何か一つでも付け加えたり、取り去ったり、変更したりすれば、損なわれることになるものである」などとはとても言えない。それどころか、シェイクスピアは、上演を成功させるためには必ず求められる変更や削除、書き足しについて、十分に意識して書いていたように思われる。彼の芝居のほとんどすべてが慣例の限界からあふれ出ている。シェイクスピアは、このように限度を超えてあふれること、定められた境界の中にとどまるのをこのように拒むことに喜びを感じていたように思われる。それはちょうど、彼が、それぞれの世界でほかの登場人物の中にいかにもうまい具合に体現されている文化的期待に沿って行動するのを拒む一連の登場人物を――美しいビアンカよりむしろキャサリンを、シーリアよりロザリンドを、オクテイヴィアよりクレオパトラを——前面に押し出すことで、観客を喜ばせるのと同様である。彼の作品のうちで最もシェイクスピアらしいかたちで構成された芝居の一つである『冬物語』の結末で、シェイクスピアが、美しいハーマイオニーの実質的な復活を表象するときに、ルネサンス期の芸術家たちがむしろ注意して消そうとしていたであろうものをわざわざ強調しているというのは、いかにも興味深い。すっかり驚いたレオンティーズはこう述べる。

　　だけど、ポーリーナ、
ハーマイオニーにはこんなに皺はなかったはずだ。これほど
年を取っていることはなかったぞ。（五幕三場二七—二九行）

これらのヒロインたち全員を魅力的にしているもの——彼女たちを美しくしているもの——は、特性がないという理想を壊乱する個別性という特質である。

シェイクスピアの中でこの壊乱を完璧に象徴しているのは、『シンベリン』で悪漢のジャコモが、イノージェンの夫ポスチュマスに自分がイノージェンを誘惑したと思い込ませることが出来るように、眠っているイノージェンをつぶさに観察する場面である。初めの

うち、ジャコモは恍惚となりながらも完全に常套に沿った言い方で――先に見たようにシェイクスピアが懐疑的だったブレイゾンの形式に則《のっと》って――イノージェンの肉体を描写していく。肌は「みずみずしい百合のようで、シーツよりも白い」（二幕二場一五―一六行）、唇は「類ないルビー」（二幕二場一七行）のようで、まぶたは「白く、空を思わせる色合いで青く縁取られ」（二幕二場二二―二三行）ているというのである。しかし、それから彼は自身が「物証」と呼ぶもの――つまり法廷に提出するのにふさわしい証拠の品――に気づく。

左の乳房に、
五つの小さなほくろがあって、ちょうど桜草の花弁の
奥深くにある深紅の斑点のようだ。（二幕二場三七―三九行）

ほくろの話はシェイクスピアが粉本として使った物語にも含まれている。ボッカチオの中のヒロインは、（一六二〇年の英訳では）「左の乳房に小さないぼ」があり、作者不明の『ジェネンのフレデリック』では、徴は左の腕の「黒いいぼ」となっている。これらの物語の方もまた、一三世紀の『すみれの物語』（図10）に集約された古いロマンスの伝統に従っており、この物語は繰り返し挿し絵に描かれた。挿し絵は、ここに再現された一六世紀の

図10　作者不明『すみれ，または，ヌヴェールのジェラールの物語』（散文訳，15世紀）．左端の人物の右胸の（円で囲った）ほくろに注目されたい．

図版からもわかるように、いかにもいわくありげなほくろを注意深く描いている。
　肉の上のこの徴は、変装と人違いにあふれるシェイクスピアのこの芝居では、身元を明かす消しようのない徴として機能し、しかも、それはイノージェンの身元についてだけではない。シンベリンが誘拐された自分の息子には、

　首に赤い星の形をしたあざがあって、
　周囲の者たちを驚かす徴だった　（五幕六場三六五―六六行）

と思い起こすと、ベレーリアスが応えて言う。

　　　この方こそがそのご子息です。
　今もその生まれながらの刻印をつけておいでです。
　造化の神がこれを与えられたのは、今ここで身元の証しとなるようにという、
　賢明なお計らいだったのでございましょう。　（五幕六場三六六―六九行）

イノージェンのほくろもまた同様に、「生まれながらの刻印」だが、その描写の仕方――
「五つの小さなほくろがあって、ちょうど桜草の花弁の／奥深くにある深紅の斑点のよう

だ」――は、異様なまでに高ぶった関心を示していて、その熱中ぶりは欲望と嫌悪のあいだで揺らいでおり、相手の体の特徴を押さえておくという本来の法医学上の目的を超えてしまっているように思われる。ジャコモは、悪辣な中傷を言いつらねた挙げ句に、ポスチュマスに告げる。

もしさらに証拠を
望むのなら、すばらしく張りのある奥さんの
乳房の下にはほくろがあって、その秘めやかな
住まいに、さも誇らしげな様子だ。誓って言うが、
僕はそれにキスをした。心ゆくまでむさぼったのに、
すぐにまたほしくなるのだ。君も奥さんにこういうしみが
あったことは覚えているだろう。（二幕四場一三三―三九行）

ポスチュマスは覚えている。

イノージェンの乳房の上のほくろは、シェイクスピアの創作ではなく、彼がよくやるように、他人が作った筋立ての仕掛けを借用してそれに創意をつけ加えたものだが、これが

性的な親密さの――そして、それゆえ、イノージェンの不貞の――一見したところ決定的な証拠となる。我を忘れた夫は、シェイクスピアの全作品の中で最もはげしい女性嫌悪の表現を口にし始める。このしみ、この汚点は、「地獄にも収まらないほど大きなもう一つのしみの存在を裏づけるものだ」（二幕四場一四〇行）[21]。こうして、このほくろは、（『オセロー』のイチゴの模様のハンカチと同様に）イノージェンの性器の象徴、より一般的に「女の部分」（二幕五場二〇行）――ポスチュマスの女性嫌悪の見解からすれば、人の世を穢すあらゆる罪が集う場――の象徴として機能する。しかし、この見解は、『シンベリン』では、偏執狂的な妄想、悪辣な中傷の結果だということが、はっきりと露見する。中傷を重ねるジャコモは、ほくろのことを性的な対象として語る――そして、劇の中には、この可能性を否定するものは何もない――が、それを道徳的な汚点の不気味な象徴と見なすことは、それにキスをしたという彼の主張が嘘であるのと同様に、真っ赤な嘘である。そうではなくて、それが美しい花の繊細な内側の模様に似ているということが示唆するように、イノージェンのほくろはごく自然で、そしてまた、劇の中での用い方が示唆するように、無垢でいながら個別性を徴づけるものでもある。

イノージェンは美しいが、特性のない美人ではない。彼女のほくろは、何らかの形式上の完璧さの一部でもなく、また、明らかな装飾品という意味においても、単に付け加えたりそれゆえに取り外したり出来るものという意味においても、飾り物でもない。それはシェイクスピアが他では替えられない独自性を帯びて消しがたく美しいと感じたもののすべて、そして、シェイクスピアの作品の中で私たちが消しがたい独自性を帯びて美しいと特定するもののすべてを、象徴する徴である。

第三章　憎悪の限界

状況は以下の通りである。国の中に一つの見苦しいしみ、私たちが本能的にそれから目を逸らす一つの増殖体がある。けれども、異形《いぎょう》の存在など見えないというふりをすることは、肌の上で大きくなってゆく奇妙ないぼを無視するのと同じように危険である。なぜなら、私たちが抱《かか》えているのは、私たちのあいだに混じって生きる一つの異邦の民、格言にあるように、骨の髄まで私たちに憎しみを向けてくる異邦人の群れだからである。私たちのことを骨の髄まで憎むというのは、私たちが彼らの存在を許容して、私たちの秩序ある市政の恩恵を受けることを彼らに認めている（実際、彼らは何世代にもわたってその恩恵を蒙ってきたのだが）にもかかわらず、これらの異邦人は、自分たちが私たちによって傷つけられてきたと感じており、そして、この傷つけられたという感情が、彼らのねじ曲がった心のうちで、彼らが取り得るどんな敵意ある方策も正当化しているということを意味している。ここでは私たちは十分に勝手を知った自分たちの領分の中にいて、彼らよりも強い――私たちは支配的な価値を体現しており、支配的な教えを信奉し、支配的な機関を制御している――ので、彼らの憎悪が彼らに取るよう仕向ける敵対的な方策は、ほとんどつねに狡猾で隠微なものであろう。私たちを見かけると、彼らはまるで私たちの友情を乞い願っているかのように卑屈な態度でお辞儀をするが、そういう偽装はほとんど喜劇的なまでに説得力に欠けている。

彼らは大方は自分たちのあいだに留まって、お互いとだけしかつき合わない。さもなければ、彼らのことなど誰が我慢できるだろうか。もちろん、彼らとて、完全に私たちから隔たっているわけではない。私たちからものを買い、私たちにものを売る。そして、そうする中で、私たちと話をし、私たちといっしょに歩きもする。けれども、私たちの市の規制に従って、その法に護られながら、市の経済活動に参加するということは、彼らのうちに何の忠誠心も生じさせなかった。それどころか、彼らの憎悪はさらに募るばかりであり、そうである以上、私たちが彼らのことに思いを向けてやることがあるとすれば、その際には、相応の嫌悪の念をもってこれに返しているということを率直に認めたい。これらの異邦人のことを完全に人間と考えるのは、ときに困難で、それほどにまで彼らは凶暴な犬のようで、蹴ったり怒鳴りつけたりして、誰が治めているのか思い知らせることで、ようやく抑えつけておくことができるのである。なぜなら、凶暴な犬と同様に、彼らも機会さえ与えられれば噛みつこうとするからである。

しかし、結局のところ、彼らは単なる動物ではない。実際、彼らは自分たちに対する我々の軽蔑の念を不断に思い知らされているのだが、それにもかかわらず、何か理解しがたい理由で、自分たちが私たちよりすぐれていると考えている。おぞましいくずのような存在で、見た目には謙虚な態度を装いながら、彼らは自分たちのことを、唯一無二の真理――彼らが狂信的な献身をもって掻き抱く一冊の本に具現された真理――を持っているがゆえに、輝かしい存在だと思い込んでいるのである。その本が、信じる者を囲う魔法の円の外にいる人々に対して、それが誰であろうと、遺恨に満ちた彼らの憎悪の念をあおり立てる。彼らは昔の物語を詳細に調べて、それに狡猾な評釈を加え、そのことが、彼らに、信じようとしない人々に対して、まともな人間ならすぐさま不道徳だと理解するような振舞いをすることを許すのである。そして、この狡猾さゆえに、彼らは私たちの制度や慣習を自分たちに有利なようにうまく操作することが出来るようになったのである。彼らは私たちが法の支配を信頼し、市場を信頼していることを理解している。だからこそ、彼らは私たちと契約を結び、これらの契約の細かな項目が几帳面に遵守されることがないと、裁判に訴えるのである。彼らはずるがしこく、私たちはすぐに人を信用してしまい無邪気なので、彼らはしばしば私たちを負かしてしまうのである。

けれども、私たちとの関わり合いから利益を上げることが――そして、よく肝に銘じておいていただきたいのだが、彼らは恐ろしく利益を上げており、そのため、彼らの家には秘密の黄金や宝石がぎっしり詰まっているのだ――、さながら彼らの憎悪をいっそうかき立てるだけかのようである。私たちが自分たち同士でごく当然のようにすること――確認を取らなくても信用したり、握手一つするだけで協定を結んだり、寛容と親切心から一堂に会したりするといったこと――を、彼らは私たちとのあいだで行うことなど夢にも思いつかないだろう。それどころか、ともに食べたり飲んだりするというのは人間同士のつきあいの最も基本的な徴であるが、それすら、彼らは私たちとするのを拒むのである。私たちが生来の嫌悪感を克服して私たちと食事を共にするように彼らを招いたときに、彼らがその招待を断るとはいったいどういう意味なのだろうか。それはつまり、彼らが私たちの食べ物をすら不浄と見なしており、異邦の民として留まることを好んで、私たちに対して距離を置いているということである。これが、世界のあらゆるところで讃えられ、彼ら以外の誰からも大切に思われている私たちの祭りに、彼らが、参加するどころか、単に見ることすらしようとしない理由である。私たちが彼らの家のそばを練り歩くとき、彼らは戸に錠を下ろして、窓には鎧戸を閉めて、私たちの陽気な音楽の音《ね》すら屋内にいる者たちの耳に届くことがないように努めるのである。

彼らが家の中に閉じ込めておく者たちのうちのある一団の監督には、当然のことながら、彼らはとりわけ気をつけている。それはつまり女たちのことで、中でも大切な娘たちについては警戒を怠らない。そういった娘たちの一部は驚くほど美しい。（美はしばしばとてもありそうもない土壌から生じるものである。）彼らが娘たちのことを深く愛しているというのではなく、むしろ、彼らの言い方に倣えば、娘たちを私たちに奪われてなくすことを恐れているのである。「娘たちをなくす」などとは――これではまるで、息苦しい幽閉からの逃避が、損失であるかのようではないか。こういった家庭における女たちはほとんど奴隷と変わらない。彼女たちが私たちのうちの若い男と駆け落ちして、私たちの側《がわ》の女たちのように拘束されない生活を送ることを夢見るとしても、不思議ではない。こういった夢は異邦人の両親を狂乱に陥れる。自分たちの娘が、私たちの側の女たちのように、彼らからすれば娼婦にしかありえないような大胆で奔放な態度で振る舞うのを見過ごすくらいなら、自分たちの足下で死んでいるのを見る方がましなくらいだと、父親たちは断言する。

彼らがこれほど憎む現代的ということについてはどうだろうか。彼らは私たちの自由なあり方に脅威を感じているのだろうか。それとも、彼らを怒らせるのは、そういったあり方から自分たちが排除されてきたという思いなのだろうか。もし後者だとすれば、彼らは自分たちが排除されているのを全て私たちの悪意の所為《せい》だと思っているのだろうか、それとも、彼らの憤怒は自分たちの能力のなさについての身を食むような自覚の念でいっそうはげしく煽られているのだろうか。彼らは結局のところ、大いなる歴史上の失敗を具現した存在である。彼らのうちの一人二人がどれほど繁栄していようとも、彼らの過去の文化的栄光がどれほどすばらしいものであろうとも、実際には、彼らは追い越され取り残されたのである。彼らは歴史の敗残者であり、彼らが追いつける方途は一切ない。

彼らにありうる唯一の希望は私たちのようになることであり、それは、多くの集団が同様の文化的な失敗のあとで取ってきた道である。そして、私たちは生まれながらに強く、私たちの文化は寛容で包容力があるので、私たちは彼らを歓迎して、彼らが真に安心してこの地に根づくことができるように計らうだろう。確かに、すぐにとはいかないかもしれない。第一世代には無理かもしれない。けれども、彼らの子供や子供の子供は、すみやかにかび臭い孤立のにおいを失って、私たちと見分けがつかなくなるだろう。彼らは全ての権利を具えた自由な市民となるだろう。彼らの名前だけは異邦人だったというその起源を露見させるかもしれないが、結局のところ、名前ほど容易に変えられるものなどないではないか。

ところが、そうする代わりに、彼ら、私たちのあいだに巣くうこの異邦人たちは、救いようもないほど時代遅れとなっている彼らの信仰に固執し、そして、言うまでもなく、彼らはその煮えくりかえるような憎悪に固執している。仲間同士で、おそらく彼らは私たちに対する憤懣を共有しており、傷つけられたという感覚を育んでいる。憎悪は薬物のようなもので、彼らはこれを常用してきたために手離せなくなっている。それは彼らを毒しているのだが、それなしではいられないのである。彼らのうちの二人が会うといつも、それぞれ自分こそが世界で一番苦難を蒙ってきたのだとでも言わんばかりに、不平と憎しみの念を祈禱のように長々と唱えて、ともに復讐を企てる。彼らの憎悪は、彼らが崇拝のための家と称する場所で沸騰するまでにかき立てられる。これでは、慈悲の拠り所どころか、偽りと狂信と殺意の温床である。事態はすでに危機的な段階にまで進んでしまっている。私たちは、こうなるよりずっと以前に、私たちの敵について警告していた人々の言葉に耳を傾けるべきだったのである。ある日目が覚めると、無辜の人々に狙いを定めた陰謀に自分たちが巻き込まれているのに気づくということになろう。こういった陰謀は、市民生活を共にするということで私たちと異邦人とを束《たば》ねてきた体制そのものを、その武器として用いるかもしれない。そして、もしこの恐るべき日が来れば、私たちは、どうすれば自分たちの法の支配を放棄することなく、周囲の大切な人々を護ることができるか、考えなければならなくなるだろう。なぜなら、私たちの文化が繁栄できる基盤となっているのは、この法の支配だからである。けれども、憎悪に対抗する合法的な手立てなど、いったい何があるのだろうか。

今日、いつの時代にもまして、『ヴェニスの商人』は、不気味で何か収まりの悪い意義——それが危険な火遊びに興じているという、魅力的でそれでいて不快な感覚——を帯びている。生涯を通して、私は、いつ発火するともしれないこの危険な素材を反ユダヤ主義

――あるいは、もっと注意深い言い方をすれば、キリスト教にとってのユダヤ人問題――と考えてきた。「行け、テュバル、あとでシナゴーグで会おう。行ってくれ、テュバル、シナゴーグでな、テュバル」（三幕一場一〇七―八行）。けれども、欧米の諸都市に広がる忌避の念は、今日ではもうシナゴーグをめぐるものではなくなっている。それは、いま示すことができたと思うが、わずかな修正を加えるだけで、今日の恐怖を表現するのに活用できる。「行け、テュバル、あとでモスクで会おう。行ってくれ、テュバル、モスクでな、テュバル。」

この修正の意味、あるいはむしろ、簡単に修正できるそのたやすさの意味とは、何なのだろう。その答えはおそらく、政治的なもの――国家の領域――は味方と敵を区別することによって構成されるという、現代において最も影響力のある形で表明したのはカール・シュミットだが、少なくともホッブズにまで遡る、理論の中に見いだすことができるだろう。シュミットは書いている。「あらゆる宗教や道徳、経済、民族やそのほかの対立は、味方と敵という軸に沿って人間を効果的にグループ分けできるくらい強ければ、政治的対立に変容する。[1]」この理論は、こういった構成要因となる区別には実質的に内容などないと説いている。もちろん、ある時点で一つの場所で敵同士と見なされた特定の党派にとっては、区別に内容がないということはない。こういった党派は、対立構造によって空白が産み出されると、間髪を入れずにきわめて具体的な大量の中身でその空白を埋めてしまう。けれども、こういった中身は、結局のところ、アリストテレス的な意味で偶発的なものにすぎない。実質をなしているのは、対立の構造そのものであり、その構造の中には、要するに純粋な（ということはつまり、内容のない）文化的置き換えの過程にすぎないものを通して、ほとんどどんな具体物でも挿入できるのである。

けれども、この置き換えは、本当に内容を欠いているのだろうか。私たちは、結局のところ、無作為に選んだ代用物のことを話しているのではない。友情と敵意をめぐるシェイクスピアの喜劇によって作られた想像上の構造の中で、歴史上主要なキリスト教の敵であるユダヤ教とイスラム教がこれほど容易に入れ替わることができるというのは、とても偶然とは思えない。実際、両者は以前からすでに敵対についての理解と憎悪の表象や表現との中で結びつけられていた。例えば、キリストを拷問にかける者たちを描いたボッシュの絵（図版4）では、イスラム教の徴とユダヤ教の徴が混在している。また、クロックストンの秘蹟劇[1]では、悪辣なユダヤ人はマホメットにかけて誓いを立てる。『ヴェニスの商人』は、緊張感あふれる法廷の場面で、慈悲の心に訴えようとするさまを描いており、そこでは、この慈悲こそが、自分たちの望む結果を強要——シェイクスピアが使う言葉は「無理強い（strain）」である——しようとするあらゆる偏狭な反目、あらゆる党派的な違い、あらゆる政治的、法的な体制を超越した、普遍の人間的価値であると説かれている。

慈悲という特性は無理強いされるものではない。
それは天からの穏やかな雨のように、下の世界に
降り注ぐものだ。（四幕一場一七九—八一行）

けれども、シェイクスピアは、巧みにこの勧告を明らかに特定の教義をにおわせる結論へと導いてゆく。

それゆえ、ユダヤ人、
お前は正義を求めて訴えているが、よく考えるのだ。
正義を追い求めても、その先に魂の救済を見いだせる者など
誰一人としていない。私たちは慈悲を願って祈りを捧げ、
その祈りこそが、私たちに、自分もまた、人に

慈悲を施すようにと教えるのだ。（四幕一場一九二―九七行）

ポーシャが主の祈り[2]と救済への希望を引き合いに出すことは、劇がしばらくあとに達する憎悪の袋小路に対する最終的な解決策――シャイロックのキリスト教への改宗の強要――をあらかじめ暗示している。

「強要」というのはたぶん完全には正しくないだろう。無理強いというのは喜劇の宴《うたげ》には歓迎されざる客だ。キリスト教はその終末論的な希望をユダヤ人の改宗と結びつけた[3]が、その気前のよい救済の申し出が救われるのを拒んだ者たちの処刑によって穢されることは望まなかった。ユダヤ人が自分たちの頑迷さの結果を思い知らされるのは、いっこうにかまわない。つばを吐きかけられ、殴りつけられ、ユダヤ人だけの居住区に押し込められ、ほとんどの職業から排除され、好き放題にものを奪われ、時には群衆の殺気だった怒りにさらされたとしても、それは身から出た錆というものである――が、しかし、改宗するか死ぬかどちらかしかないと、単刀直入に彼らに告げるわけにはいかない。だからこそ、シェイクスピアの描くヴェニスの法廷では、シャイロックの「同意」が明確なかたちで求められるのである。

ポーシャ　異論はないか、ユダヤ人。どうなのだ。
シャイロック　異論はありません。（四幕一場三八八—八九行）

けれども、言うまでもなく、公爵はこの直前にはっきりと、シャイロックに「この通りにするのだ。さもなければ、余がここで先ほど発した赦免を撤回するまでだ」（四幕一場三八六—八七行）と宣言している。ここで問題になっている赦免とは、死刑の判決についてのものである。それゆえ、有罪とされたユダヤ人に与えられた選択は、命を落とすか改宗するかのいずれかである。おそらく驚くには当たらないだろうが、彼が選択するのは、キリスト教徒になって、そうすることで、支配的な宗教と支配的な文化に自分と自分の一人きりの子供が同化され吸収されるのに正式に同意することである。そして、この同化・吸収とともに、彼は姿を消す。

どうか退席させていただけますよう。
気分がすぐれませんので。（四幕一場三九一—九二行）

シャイロックが姿を消すことは、『ヴェニスの商人』の前の四幕を構成する力強く危険な否定のドラマの終わりを徴づけており、それはまた、ほとんどのヨーロッパの国家の政治課題から「ユダヤ人問題」が最終的に消し去られることの見事な象徴ともなっている。この消去——大量殺人の饗宴によって、民族の垣根を越えた結婚と改宗によって、そして、同化と市民権の付与とによって、促進された消去——こそが、先に示したように、キリスト教のもう一つの大敵であるイスラム教にうまい具合に代替させるための空白を作り出したのである。[2]

しかしながら、この代替の容易《たやす》さは、二つの敵のあいだの重要な違いを蔽い隠してしまう。実際には、こういった違いこそが、シャイロックの性格の独特な面と彼の憎悪に対する劇の解決策を解明する鍵となるものである。イスラム原理主義の好戦的で殺戮も辞さない勢力によって現在かき立てられている不安は、センセーショナルな出版によって煽られており節度を欠いた政治家たちに巧みに利用されているかもしれないが、しかし、この不安は現実のそして真に恐ろしい出来事と結びついている。こういった出来事と一つの主要な世界宗教に流れる特定の傾向とのあいだの実際の関係は、真摯な研究と継続的な議論を通して解明されるべき問題である——研究者たちは、例えば自爆テロのような明確に宗教的な言葉にくるまれた戦法にすら、宗教とは何の関係もない類似例があると述べている

――が、しかし、両者のあいだに少なくとも何らかの関係があると見てしかるべきだということは、実行犯自身と彼らの指導者の明確な宣言からも裏づけることが出来る。[3] 対照的に、「シオン賢者の議定書」[4]やナチスの日刊紙『前衛』などによって流布された「ユダヤ資本主義」や「ユダヤ共産主義」による世界支配という不吉な幻想は、ユダヤ教の宗教指導者の公式、非公式の言葉の中にそのかすかな痕跡すら見られない。そして、一九三〇年代にヨーロッパのユダヤ人の首の周りに掛けられた縄が締まり始めたときですら、迫害された側から暴力行為が引き起こされるということがほとんどなかったというのは、驚くべきことである。会社の建物が壊されたり、カフェなり鉄道の駅なりが爆破されたり、混雑する通りでバスが粉々に吹き飛ばされたり、あるいは、群衆がバックパックを背負ったり変に厚手のコートを着込んだりしている人物なら誰でも気遣わしげに目で追ったりすることなども、一切なかった。

一六世紀のユダヤ人たちは、ふだんから神に対して自分たちが異教徒から受けた危害に対して復讐してくれるように訴えていた。当時も、いまと同様、過越《すぎこ》しの祭りの前夜の典礼には、詩篇第七九篇の痛切な詩句が取り入れられた。

主のことを知らぬ民の上に、また、主の御名に呼びかける
ことのない王国に、主の怒りを注ぎ給え。
彼らはヤコブの肉を食らい、
その住まいを取り壊したのです。

しかし、彼らが祈って求めた復讐は、全能の神の復讐である。彼らが心の中で何を感じていようとも、居住区《ゲットー》の住人がキリスト教の信者に対する殺害計画を公然と宣告するようなことはなかったし、事実、支配的な文化に対して脅威を与えるようなこともなかった。テューダー朝期のロンドンについては、一二九〇年にユダヤ人は全て国外に追放されたこと[5]もあって、ユダヤ人——少なくとも、自らユダヤ人だと名乗る者——など一人もいなかった。ユダヤ人に対する恐怖——ユダヤ人たちがシナゴーグに集まって、無辜の民に対する邪悪な陰謀を企てているかもしれないという懸念——は全く根も葉もない幻影にすぎないし、それをいうなら、一九世紀のロシアや二〇世紀のベルリンの不安も同様である。

いうまでもなく、中世やルネサンス期のヨーロッパ人たちは、ユダヤ人に関する恐ろしい話をいくつも聞いており、現在の私たちがそういった話が真実ではないと知っていると

いうことは、その種の話が当時与えた衝撃とは明らかに何の関わりもない。マーロウの描く血に飢えたマルタ島のユダヤ人は、井戸に毒を放り込んだことを初め、ほかにも重ねてきたあくどい罪の数々を満足げに思い起こして、劇の中では、血に飢えた相棒のイスラム教徒イサモアの手を借りて、自分の娘も含めて尼僧院の居住者を皆殺しにするだけでなく、市全体を敵のトルコ人に売り渡してしまう。そして、ユダヤ人はキリスト教徒の子供を日常的に殺しているという神話を口にするのは、チョーサーの描く尼僧院長[6]だけではない。この神話はしばしば、犠牲者の血は過越しの祭りに食べる種なしパンに使われるという発想と結びつけられて、十分に信憑性のある話と見なされ、儀式的殺害の罪を問われたユダヤ人の審問と処刑が繰り返されることに繋がった。一九一三年になっても、キエフのメンデル・ベイリスはこの嫌疑を掛けられた。ベイリスは釈放されたが、それは陪審が六対六に割れたあとになってからようやくのことだった。

インターネット上には、ユダヤ人が犠牲者の血を使うために儀式的な殺害を行っているといった血なまぐさい中傷が、あらゆる古くからの悪意を盛って、出回っている。トレントのシモン[7]に捧げられた呆気にとられるほど反ユダヤ的なウェブサイトを一目見れば、すぐにこのことが納得できよう。[4]ウェブ上には見ることの出来ないものなど何一つないが、それを別にすれば、ユダヤ人に対する古くからの嫌疑がいまでも一定の公的な裁可を得て定期的に表面化するのは、イスラム世界においてだけである。それほど前のことではないが、政府の統制の下にあるサウジアラビアの日刊紙アル゠リヤドは、「ユダヤ人が祭日のパンを支度するために人の血を流しているというのは、紛れもない事実だ」と主張するコラムを掲載した。サウジアラビアのあるまともな大学に在籍する著者が読者に伝えたところによると、春のプリム祭には、犠牲者は成人に近い年齢のキリスト教徒かイスラム教徒でなければならず、過越しの祭りには一〇歳未満の子供を使わなければならないという。(5)

一六世紀末には、シェイクスピアにとってこういう毒々しい話を利用することも当然可能だっただろう――何と言っても、彼はすでに人肉を練り込んだパイという話題を『タイタス・アンドロニカス』で試していた――が、彼はそうしないことを選んだ。シャイロックはヴェニスのキリスト教社会にとって脅威ではあるが、その脅威は儀式的殺人とは何の関わりもない。それが関わっているのは、むしろ、支配的な文化に対する彼の憎悪の性格、危害を加えられたという彼の身を食むような思い、そして、その結果としての彼の復讐の計画である。ユダヤ人に対する昔からの中傷になどシェイクスピアは関心がない――井戸に毒を放り込んだり、いわんや、キリスト教徒の血で種なしパンを作ったりすることなど、一切出てこない——のだから、彼はシャイロックの煮えくりかえるような憎悪を完全に彼個人のもの、ムーア人のアーロンやせむしのリチャード、あるいは、正直者のイアーゴーらの病理と似たような病理として描くこともできたはずである。こういった悪漢は、誰一人として一つの集団全体を代表しているということはなく、それぞれ自身に固有な何かによって駆り立てられている。確かに、犯罪性向というのは、その所有者の人生全体と何かしら関わるかたちで存在するものであり、その人生はつねに集団への自己同一化を含んでいる。けれども、これらの登場人物を駆り立てる憎悪の念は、それぞれをより大きな社会学的範疇から引き離して、彼らを一人だけ別個の存在にしている。

シェイクスピアは、こういった憎しみの念を通しての個別化というありようの極端例に強く惹かれており、総じて、それだけで劇のアクションを動機づけるのに十分だと感じていた。アーロンは、悔悛などしたこともなく悔悛の余地もない人殺しだが、それは彼が黒人だからというわけではない。実際、彼の中で唯一愛すべき点は、乳母が漏らす人種差別的な悪態に対抗して、自分の赤ん坊を護るところ——「かわいいねんねこ、お前はほんとにきれいなお宝ちゃんだ」（四幕二場七二行）——である。リチャードは一度は自分の犯罪性向を湾曲した背骨の所為《せい》にするが、私たちは全てのせむしの人が人殺しだと結論するように意図されているわけではない。そしてまた、観客は、イアーゴーが執念深い悪意を抱いているからというだけで、全ての旗手が同じような思いを抱いていると疑う必要はない。

イアーゴーは辛辣な調子で語る。

周りを見れば、
ひたすら勤めに忠実で、膝を屈して、自らの卑しい束縛を
有り難がって、主人の飼うロバのように、
ただ飼い葉をいただくためだけに、おのれの時間をすり減らし、
年を取れば即お払い箱というような手合いが大勢いるのがわかるだろう。

（『オセロー』一幕一場四四―四八行）

イアーゴーが公式に属しているのはこういった階層なのだが、彼自身はそういう指定を受け入れるつもりはない。彼の憎悪はまさしく彼がその階層から抜け出すのを可能にし、彼が自分だけの「固有な目的」と呼ぶものを自ら定めるのを可能にするものである。

天は知っていようが、俺が奴に従うのは愛や義務の念からではなく、

俺自身の固有な目的のためにそう見せているだけだ。
というのも、もし俺の外面の行動が、
俺の心の本来の動きや姿を、目に見えるかたちで
映し出したりすれば、遠からずして
俺は自分の心を袖の辺りに置いて、
小ガラスどもについばませることになるだろう。俺は俺とは違うのだ。

（一幕一場五九―六五行）

「俺は俺とは違う」というのは、イアーゴーの生まれや経歴が彼をどんな集団に割り当てていようとも、その集団からの彼の根本的な独立宣言である。シャイロックの悪行も同じように彼個人のものであるが、しかし、それはまた、彼がユダヤ人であるということ、集団的な否定の原理として作用するユダヤ人としてのありようと、深く本質的なレヴェルで絡み合っている。昇進で先を越されてしまったことに対するイアーゴーの怒りを取り払ったとしても、やはりイアーゴーであることに変わりはない。リチャードの不具というのは重要な点だが、しかし、それを取り払ったとしても、邪悪な

グロスター公のねじ曲がった心根に変わりはないだろう。二人とも、必要が生ずれば、自分たちの残虐な企みの因《もと》になるほかの根拠を見つけたに違いない。結局のところ、イアーゴーは切望していた昇進を得ても、気が収まるということはなく、同様に、リチャードも、自分がそれなりに女性を誘惑できると発見してからも、殺人を計画するのをやめない。けれども、シャイロックからユダヤ人であるということを取り去ると、彼はしぼんで消えてしまう。このしぼんで消えるというのは、『ヴェニスの商人』の四幕の結末で実際に起こることである。

シェイクスピアの中で、憤懣と悪事の動機になりうるという点で、ユダヤ人というありように迫るもう一つの集団的アイデンティティがある。『リア王』のエドマンドの行動は、ある一つの階層の人々——非嫡出の子供たち——全体の苦難と直接繋がっている。

どうして俺だけが、
慣習の虐待にさらされて、国の細かな定めのために
あらゆる権利を奪われなければならないのだ。
俺の方が兄貴よりも一二ヵ月かそこら遅れて

きたからなのか。なぜ私生児と呼ばれるのだ。どこが卑しいというのだ。
俺の身体の壮健さも、心の広さも
姿かたちの美しさも、身元の確かな本妻の腹から生まれた奴に
何一つ劣らないというのに。なぜ人は俺たちのことを
卑しいと決めつけるのだ、やれ、庶子だ、恥さらしだ、下賤だなどと。
燃えさかる愛欲の炎の中で孕まれた俺たちの方が、
退屈で気も抜けくたびれたベッドの中で、
寝ぼけ眼で行為に及んで出来たぼんくらどもより、
はるかに精気に富んで、活力にあふれているというのに。（一幕二場二―一五行）

エドマンドの悪事は、彼にはとうてい我慢のならない社会的烙印の結果であり、その限りでは、彼はシャイロックに似ている。けれども、シャイロックと違って、エドマンドは、自分が生まれゆえに陥ったこの烙印を押された集団から出来る限り早く抜け出そうと心に決めている。彼のありようは自分の属する集団への自己同一化を表しているのではなく、それに抗い反逆している。そして、彼は、震撼すべき罪を犯すが、シャイロックが人を憎

むのと同じようなかたちで、周囲の人々を憎んでいるわけではない。彼が兄と父に対する謀略に加担するのは、彼が二人のうちのどちらかを憎んでいるからではなく――むしろ、彼は二人に対して一種の倒錯した愛情のこもる軽蔑の念を抱いている――、自分が運命によって割り当てられた集団的な範疇に留まるのを拒むがゆえである。

バッサーニオーとアントーニオーといっしょに食事するように招かれた際の、シャイロックの反応と対照してみよう。

へっ、豚の臭いを嗅ぐだって。あんたたちのナザレの預言者が悪魔を押し込んだその住み処を食えって言うのかい。いっしょに買い物もしようさ、ものもいっしょに売るのもけっこうだ。話もしようし、いっしょに歩くのもいいし、ついても行くさ。でも、いっしょに食べたり、いっしょに飲んだり、いっしょに祈るのは御免だね。

（一幕三場二八―三二行）

どの四つ折り版も二つ折り版[8]も、この言葉がはっきり声に出してバッサーニオーに向けられているのか、それとも、傍白なのか指示していない。どちらにも演じることは出来ただろうが、しかし、当時ユダヤ人がキリストに言及するのは危険だっただろう。いずれにしても、この言葉は明らかに、自分たちから見れば異教徒であるキリスト教徒とは、経済的な交流はともかく、社会的な交流をすることに対する、シャイロック個人の拒否――のちに彼が自らその原則を破ったために、ひどい代償を払うことになる拒否――の表明であるだけでなく、彼のユダヤ人としての自己同一化の表明でもある。ヴェニスにおけるユダヤ人のありようが、キリスト教の法――歴史的にユダヤ人を居住区《ゲットー》の中だけで生きるように強要し、その経済活動の範囲を制限して、彼らに金貸しになるしかなくした、法――によって定義されるのは、あくまで一部でしかない。彼らのありようはまた、ユダヤ人社会の内部の規範――食事に関する戒律と祈りとに焦点を当てたものであることをシェイクスピアが理解している規範――によっても定義されている。シャイロックの言葉から明らかなように、食事の戒律を守ることは、ユダヤ人がキリスト教徒のふだんのつきあいから距離を置かなければならないということを意味している。シャイロックの言葉はある別のものも伝えている。教義に忠実だった私の両親の態度から私自身はっきりと思い起こすことができるものだが、それはつまり、豚肉を食べるなど考えるだにおぞましいという感覚である。両親がイエスが悪魔をガダラの豚の中に押し込めた〔9〕ということを知っていたかどうかは疑わしいが、彼らはこの動物が不浄であると強く感じており、その臭いすらどことなく穢れているという感覚を共有していた。

それゆえ、シャイロックの嫌悪感は、エドマンドの「なぜ人は俺たちのことを／卑しいと決めつけるのだ」という言葉にあるような、自分の境遇に対する抗議ではない。それはまさしく彼の存在条件であり、彼の根本的なアイデンティティなのである。彼はそこから出たいと望んでいるわけではなく、このアイデンティティの中に留まりたいと願っている。彼は自分の周囲のキリスト教徒の生活についてよく知っている。彼は、キリスト教徒が豚肉を食べること、彼らが「首のねじれた笛でキーキーと下劣な音を立てる」のが好きなこと、「けばけばしく塗り立てた顔」、つまり、仮面を被って楽しむ（二幕五場二九、三二行）ことを知っている。彼はキリスト教徒の楽しみに無知なわけではなく、ただそんなことになど一切関わりたくないと願っているだけである。彼はキリスト教徒の聖書を読んだことさえあるか、あるいは、おそらく、ユダヤ人がときおり出席するよう強要された説教の中で読まれるのを聞いたことがある。だからこそ、彼はナザレの預言者による悪魔払いについて触れ、また、そのすぐあとに、アントーニオーを見かけると、「ルカによる福音書」第一八章の収税人[10]について言及するのである。

まるで媚びを売る収税人のようじゃないか。
わしが奴を憎むのは、奴がキリスト教徒だからだが、
それ以上に、奴が、卑しい下衆《げす》の単純さから、
ただで金を貸して、ここヴェニスでわしらのあいだでの
金貸しの利息を下げているからだ。
一度でも奴の首根を押さえることができたら、
昔からの遺恨を思う存分晴らしてやるんだがな。
奴はわしら聖なる民を憎んでいて、商人たちが一堂に
会するところでさえ、罵詈雑言を浴びせやがる。
わしに対して、わしの商売に対して、わしの正当な利益に対してもだ。
それを奴は高利だなどと言いたてるのだ。あんな奴を赦したりしようものなら、
わしらの種族は一人残らず地獄行きだ。（一幕三場三六—四七行）

アントーニオーに対するシャイロックの憎悪には経済的な動機がある——奴が「ただで金を貸して」いる——が、個人的な利益を守ろう（「わしに対して、わしの商売に対して、

わしの正当な利益に対しても」）ということの決意ですら、キリスト教徒と「わしら聖なる民」、「わしらの種族」とは絶対的に異なっているというシャイロックの根本的な感覚と直接繋がっている。

「わしが奴を憎むのは、奴がキリスト教徒だからだ」――問題はこれほど単純で、あるいはまた、これほど込み入ってもいる。これは自分以外の誰かに対して語りかけている言葉ではない。「シャイロック、聞こえているかい」と、バッサーニオーは、金貸しが自分の思いに夢中になっているのに気づいて声を掛けるが、その思いとはキリスト教徒への憎悪をめぐるものである。言うまでもなく、シャイロックは即座に経済的な理由を付け加えて、そっちの方がさらに重要なのだと言うが、経済的な動機は集団的な憎悪とほとんど分かちがたく結びついている。何と言っても、アントーニオーの無利子の融資は、ユダヤ人に対する真っ向からの攻撃なのである――奴は、「ただで金を貸して、ここヴェニスでわしらのあいだでの／金貸しの利息を下げている」。イアーゴーがオセローを憎む理由をつぎつぎ挙げ始める時、積み上げられる動機はそれぞれ別の方を向いていて、彼の遺恨の深い源泉を覆い隠していってしまう。これに対して、『ヴェニスの商人』では、それぞれの動機は互いに補強し合い、その全てが、キリスト教徒に対するユダヤ人の憎悪――シャイロックが抱いていると自ら言う「昔からの遺恨」――へと遡ってゆく。遺恨は個人的なものであり、直接できわめて醜い対決の歴史を持っている。

あんたはわしのことを不信心者だの、人殺しだの、犬だのと呼んで、
わしのユダヤの上着につばを吐きかけなすった。
それもただ、わしが自分のものを自分で使ったというだけでだ。
それが、今になって、わしの助けが必要だと言うのかね。
いやはや、わざわざおいでなすって、こうおっしゃる。
「シャイロック、金が必要なのだ」、いや、全く、
わしの鬚に鼻汁を引っかけて、お宅の敷居に寝そべる
どこぞの野良犬みたいに、わしを足蹴にされた
あんたがね。（一幕三場一〇七―一一五行）

しかし、これは単に個人的な反発というだけの話ではない。遺恨は「昔からの」もので、それは単にアントーニオーが何年にもわたってシャイロックにつばを吐きかけ悪態をついてきたからというのではない。話は、それよりずっと以前に、長く苦難に満ちた何世紀に

もわたるユダヤ人とキリスト教徒との関係にまで、遡る。ユダヤ人については、こういった関係は、居住区《ゲットー》と金貸しだけに限定された経済活動と黄色い徽章をつけたユダヤ人特有の上着とに繋がっている。キリスト教徒については、こういう関係は、ふだんは温厚で情に厚く、生来いくぶん抑鬱的なアントーニオーが、まるで集団的な嫌忌の情を行動に移すように駆り立てられているかのように、軽蔑すべき敵に対して露わにする振舞いに繋がっている。このひどい扱いに対するシャイロックの反応も、彼自身の言うところでは、やはり集団的な行動の現れである。

つねにわしは辛抱強く肩をすくめて耐えてきた。
忍従こそがわしらの種族全体の徴ですからな。（一幕三場一〇五—六行）

シャイロックは、しかしながら、その種族から一人隔たっている。彼は何事も「辛抱強く肩をすくめて」耐えるわけではない。彼はこっそり復讐を企て、しかも、それを自ら進んでやるのである。(6) つまり、シャイロックは、彼の言うところのアントーニオーとの「ふざけた契約」を自分一人で考案するのであって、仲間のユダヤ人と共謀してやるのではない（一幕三場一六九行）。けれども、リチャードやイアーゴー、あるいは、エドマンドなどとは違って、シャイロックは孤立しているわけではない。シェイクスピアは、シャイロックがその中で生きているより大きなユダヤ人社会と彼のありようを同一化させるべく、特に労を尽くしている。劇は、彼のことを裕福な人物として描いているのだから、彼が何事も一人で行動しているように描くことも容易にできたはずである。娘のジェシカが、ロレンゾと駆け落ちする際に、彼の許から盗み出す黄金と宝石とダカット金貨は、彼が家に蓄えてきた大きな富の十分な証拠を提供している。けれども、アントーニオーとの取引に、シャイロックは即座に別のユダヤ人を引き込む。彼は資金を用立てるよう依頼されると、次のように語る。

現時点での手元の蓄えについて思案していたんですがね、
記憶を頼りにざっと見積もったところでは、
即座に三千ダカットの大金を耳を揃えて
出すことはできません。で、どうするかって。
わしの同胞のヘブライ人で金持ちのテュバルが
用立ててくれるでしょう。（一幕三場四八—五三行）

どうしてシェイクスピアはこのようなプロットの細かな襞を加えたのだろう。もしシャイロックがその後でテュバルの関与を彼がアントーニオーに課そうとする利息の率を上げるための口実に使うようなことがあれば、それなりに意味をなしていただろうが、そういった策略が明らかにされることはない。そうする代わりに、シャイロックは自分を責め苛んできたキリスト教徒に利息の掛からない融資を提供しようと申し出る。彼はアントーニオーにこう告げる。

わしは旦那と友達になって、愛されたいんですよ。
これまでわしにされてきた侮辱のことは忘れて、
いま不自由しておられる分を融通してあげて、お貸しした金の
利息にはびた一文いただきません。（一幕三場一三三―三六行）

この例外的に親切な申し出に対する保証として彼が求めるのはただ、全く価値がないという点にだけ意味がある馬鹿げた担保だけである。

債務が不履行になった暁には、

旦那の身体のうちでわしの好きなところから
旦那の新鮮な肉をきっかり一ポンド
切り取って、いただくということにしておきましょう。（一幕三場一四四―四七行）

では、テュバルを連れてくる意義はどこにあるのだろう。その意義とはつまり、ある意味で、融資は種族全体から用立てられるということである。それはユダヤ人の金なのである。だからこそ、あとでシャイロックの娘の行方を捜す際にも、テュバルが大きな役割を果たすのである。（テュバルがその探索の進展についてシャイロックに報告するためにやってくるのを見かけて、ソラーニオーは言う、「同族がもう一人やってきたぞ」〔三幕一場六五行〕。）駆け落ちはシャイロック一人だけの問題ではない。それは種族全体の関心事なのである。そして、だからこそ、怒りに燃えるシャイロックが、アントーニオーを破滅させる好機を見て取るときにも、そこに、二人のユダヤ人という範囲を超えて、より大きなユダヤ人社会全体の姿が一瞬不吉なかたちで浮かび上がるのである。

テュバル、行って、役人を一人雇ってきてくれ。二週間前のことを話して聞かせるんだ。もし債務不履行ということになれば、奴の心臓を頂戴するぞ。奴がヴェニスからいなくなれば、どんな商売だってわしの好きにできるからな。行け、テュバル、あとでシナゴーグで会おう。行ってくれ、テュバル、シナゴーグでな、テュバル。

（三幕一場一〇四―八行）

「どんな商売だってわしの好きにできる」――ここでシャイロックは自分だけのことを話しているのであって、仲間のユダヤ人のことを考えているわけではない。劇はその直前にこの一見して感じられる孤立の理由を明らかにしている。それはシャイロックがユダヤ人社会から疎遠でいたということではなく、むしろ、この瞬間まで、自分がそれと同一化していることを、彼が、自身のうちで、十分に認めていなかったということである。「呪いがわしらの種族に降りかかることなど、今までなかった」と彼はテュバルに語って、その後で、「わしがそれを感じたことは、今までなかった」（三幕一場七二―七三行）と訂正する。ユダヤ人の苦しみと喪失の長い歴史は、彼個人の歴史になる。

ああ、何ということだ。被害の上にさらに被害だ。とんでもない額を盗み出された上に、その盗人《ぬすっと》を捜すのにまたとんでもない額の出費だからな。それでいて、何の解決にも、何の復讐にもならないとは。不運という不運は全てわしの肩に降りかかり、ため息をつくのはわしばかり、涙を流すのもわしだけだ。（三幕一場七八―八一行）

これはナルシシスティックな自己憐憫の態度だが、ユダヤ人であることから自身を引き離そうという試みではない。それはむしろ、自分を完全な正真正銘のユダヤ人にする試みである。私たちがここで実質的に見ているものは、シャイロックが、これまでは経済的な繁栄と企業家としての勢いに乗って、ユダヤ人であるということは何を意味しているのかという共同体の見解から距離を置いてきたかのようだったのが、全面的な民族的ないしは宗教的な自己同一化の例として成型されるさまである。

シャイロックはすでに、そのしばらく前に、ソラーニオーとサレリオーとの辛辣なやりとりの中で、まさしくこの集団的なアイデンティティを自らに引き受けていた。やりとりは二人のキリスト教徒がシャイロックに対して、愚弄するような質問をつぎつぎに浴びせかけるというかたちを取っている。

いよー、シャイロック、商人《あきんど》のあいだじゃ、どんなニュースが巡ってるんだい。

ふざけるな、老いぼれの野良犬が。その歳で血が騒ぐっていうのか。

だけど、アントーニオーが海で何か損害を被ったかどうか、聞いているのか、教えてくれ。

もしアントーニオーが返済できなくても、お前が彼の肉を奪うなんて出来っこないぜ。

そんなことをしたって、いったい何の得になるんだ。


（三幕一場一九―二〇、三一、三五―三六、四三―四四行）

愚弄にどんどんいきりたって、シャイロックは、彼の方からも質問で応じるが、それに彼は自分で答えを提供する。

奴はわしに恥を掻かせて、五〇万ダカットも儲けをふいにさせたんだ。わしが損害を出すと笑って囃し、儲けると馬鹿にしやがった。わしの種族を蔑み、商売の邪魔をして、わしの友人たちを疎遠にさせて、敵をあおり立てたのだ。で、どうしてかという

とだな。——わしがユダヤ人だからさ。（三幕一場四六—四九行）

「わしがユダヤ人だから」——短く簡単なこの言葉は、アントーニオーの「理由」、シャイロックに対する彼の振舞いを説明するものであり、同時にまた、自分のアイデンティティを前面に押し立てようとするシャイロックの自己肯定でもある。(7) そして、シャイロックが以下の有名な問いかけを繰り出すのも、それ以上何にも還元できそうにないこの根本的な自己肯定からである。

ユダヤ人には目がないというのか。ユダヤ人には、手や、器官や、四肢や、感覚や、感情や、情熱がないというのか。キリスト教徒と同じものを食べ、同じ武器で傷つき、同じ病気にかかり、同じ手段で癒され、同じ冬と夏とで温められたり冷やされたりしないのか。お前たちが突き刺せば、わしらは血を流さないだろうか、お前たちがくすぐれば、わしらは笑わないだろうか。お前たちが毒を盛れば、わしらは死なないだろうか。それなら、お前たちが危害を加えれば、わしらは復讐しないだろうか。

（三幕一場四九—五六行）

ユダヤ人が人間だと強調することは、彼らがそうでないかもしれない、何か別のものなのかもしれないという疑念の脈絡の中でのみ意味をなす。彼らが人間でないとすれば、いったい何かもしれないのかということは、すぐあとに、サレリオーとソラーニオーは結局のところシャイロックの自問自答に納得してなどいないということを示す言葉の中で、明らかにされる。

同族がもう一人やってきたぞ。悪魔がユダヤ人にならない限り、三役揃い踏みとはなりそうにないがな。(三幕一場六五―六六行)

悪魔こそユダヤ人が体現しているキリスト教の大敵であり、善良なアントーニオーがキリスト教徒として全身全霊をもって憎まなければならない相手である。

シャイロックの言葉は彼のアイデンティティの宣言である――「わしがユダヤ人だから」――と同時に、自分のアイデンティティと中世末期のキリスト教がユダヤ人とユダヤ的なものの中に見てきた形而上的な敵との実態のない同一視を拒否しようとする試みでもある(8)。だからこそ、彼は両者に共通する肉体的なありよう――目、手、流血、笑いなど――に、独特の情熱的なこだわりを示すのである。ユダヤ人とキリスト教徒を結びつける共通の人間性を強調することは、シャイロックに決定的な違いの徴——割礼は言うまでもないが、それに加えて、彼自身が先に強調していた主要な区別の一つ——を忘れさせる。彼はここで、自分たちは「キリスト教徒と同じものを食べ」ていると言うのだ。ここにある発想は、もちろん、同じ人間としての絆などではなく、彼が率直に認めているように、敵意である。しかし、それは政治的な敵意であって、絶対的で、消しがたく、根絶しがたい他者性の夢というのではない。

しかしながら、シャイロックが法廷で行動に移すのは、まさしくその夢である。執念深く、聞く耳を持たず、悪辣な存在として、彼はアントーニオーの肉一ポンドを切り取るために使うつもりのナイフを研ぐ。なぜなら、「わしらの聖なる安息日《サバス》に賭けて、わしは、この契約のとおりに、／正当な債務のかたを受け取ると誓ったのですからな」（四幕一場三五—三六行）と、彼は宣言する。アントーニオーは、この誓いの言葉が明らかにしているもの——シャイロックの決意に感じられるユダヤ人特有の性格——を強調する。これから刺殺されるはずの犠牲者は宣言する。

この男のうちにあるユダヤ人の心を和らげようなどと努めるくらいなら、

一番かたくて困難を極めることをする方が早いでしょう。
その心より固いものなどありませんから。（四幕一場七七―七九行）

口の悪いグラジアーノーは、友人のバッサーニオーが言うように、「あまりに乱暴で、無礼で、慎みのない物言いをする」（二幕二場一六二行）ので、彼の言葉を真面目に取ることは出来ないが、「陰険で、血に飢えていて、浅ましい」（四幕一場一三七行）シャイロックが本当に人間なのかと疑問視するのは、彼だけではない。公爵が「人間の寛容さと愛」（四幕一場二四行）と呼ぶものになど全く動かされることのないシャイロックは、キリスト教徒から見てユダヤ人とあらゆる悪の大元《おおもと》との本質的な繋がりの徴となる、限りのない理不尽で不可解な憎悪を体現しているように見える。

けれども、実際には、『ヴェニスの商人』の長い法廷の場面は、シャイロックがサタンの末裔であることが明らかにされて終わることはない。それはむしろ、シャイロックの憎悪には限界があるという驚くべき開示で終わる。確かに、彼は慈悲を説くポーシャの雄弁な訴えに屈することはない。「わしの頭には、〔王冠にも優るという慈悲などよりも〕証文をかぶせてくだされ」と、彼はあくまで主張するが、その後でこう付け加える、「わしが要求しているのは、法の執行です」（四幕一場二〇一行）。法の執行の要求――ここでは、民事の訴訟を通してアントーニオーの命を奪いたいという欲望――は、シャイロックがそれを超えてまでは行く勇気のない境界を示している。彼には行動を起こす好機が訪れている――手には鋭いナイフがあり、呪わしい敵の裸の胸は守るすべも何一つなく晒されており、打ちかかる絶好の機会である。確かに、彼は判事がはっきり口に出して下《くだ》してくれる許可を待っており、彼としてはその許可はすぐにも下されるだろうと予想している。とすれば、機が熟さないうちに打ってかかるのは、意味をなさない。けれども、ポーシャが契約の中の小さな法律上の問題点――「この証文は、ここで血など一滴もやるとは言っていない。／言葉ははっきりと『肉一ポンド』となっている」（四幕一場三〇一―二行）――を開示したときも、シャイロックにその気があるなら、彼はまだ行動することができる。ポーシャは、そうすればどういう結果が伴うかを説明することで、この選択肢を明らかにしている。

それゆえ、肉を切り取る用意をするのだ。

血は一滴も流すんじゃないぞ。そして、以上でも以下でもなく、

きっかり、肉一ポンドだ。一ポンドちょうどより多くても

少なくても、たとえ、それが一つまみの
二〇分の一だけ中身が重くなるか軽くなるか
のみであっても、いや、天秤の皿が
髪の毛一本分傾くだけでも、
お前は死んで、お前の財産は全て没収されるのだ。（四幕一場三一九—二七行）

財産の没収は重要ではない。シャイロックの娘のジェシカがすでに、家の中に見つけられるものを盗んで、キリスト教徒とずらかってしまっている。彼がアントーニオーに復讐するために犠牲にしなければならないのは、自分の命だけである。

「誰でも、自分の憎むものを殺したいと思わないでしょうかね」（四幕一場六六行）と、シャイロックは訊ねていた。(9) ポーシャはいま、シャイロックがどの程度アントーニオーを憎んでいるのか見定めるための試験を考案したのである。そして、答えは十分ではないというものである。彼のことをからかい軽蔑してきた連中の面前で、やろうとするならまさしくその瞬間に出来るように、自分の敵の心臓にナイフを突き立てる、そして、そうするためには死ぬ心づもりも出来ている、というには十分ではないのである。こういった絶対的で決死の憎悪を見せるようにという要求に直面して、シャイロックはひるむ。「貸した元本を返してくだされ、もう帰らせていただきたいんで」(四幕一場三三一行)。

憎悪をその究極の結末——自滅という単純な代償を払って、敵の破滅という望みを果たすこと——まで追求する代わりに、ユダヤ人は違う選択をする。彼は自分の金(「貸した元本を返してくだされ」)と自分の命(「もう帰らせていただきたい」)の方を選ぶのである。最初、彼はほんの少し前にバッサーニオーが彼に支払おうと申し出ていたもの——「いや、総額の二倍を払おう。それでも十分じゃないと言うなら、/一〇倍だって払う用意はある」(四幕一場二〇五—六行)——を受け取りたいと言う。けれども、今になってこの途轍もない利子が拒まれると、彼は自分がもともと融通していた額だけを——「元本だけでも」(四幕一場三三七行)——返されることを求め、そうすることで、彼は自分が生き残ってゆくための手段を確保しようとしていることを明らかにする。「あんたたちは、わしが生きる支えとしている/手立てを奪うというなら、わしの命を奪っているのだ」(四幕一場三七一—七二行)。

人生における決定的な瞬間にあって、キリスト教徒であるアントーニオーは、殉教の意志を固めて、シャイロックとの交渉をこれ以上続けようとするあらゆる試みをやめにするように願って──「お願いだから、／それ以上提案するのはやめにしてほしい」（四幕一場七九─八〇行）──、自分が進んで死んでいくことに何のためらいもないと表明していた。

僕は群れの中の弱った雄羊で、
死ぬのに最もふさわしい。果実でも一番弱いものが、
最初に地面に落ちるんだ。だから、どうか死なせてほしい。（四幕一場一一三─一一五行）

同じように決定的な瞬間にあって、ユダヤ人のシャイロックは、対照的に、「申命記《しんめい》」の言葉を聞いているように見える──「それゆえ、生きることを選ぶのだ」（三〇章一九節）。けれども、ポーシャがすみやかに明らかにするように、ことはそれほど単純ではない。

シャイロックは法の庇護の枠内にとどまることを望んでいたが、今やその法の庇護の枠組みが彼の身に迫ってくる。ユダヤ人は実質的にヴェニスの市民の命を奪おうとしたのだから、審理は民事から刑事の問題に移行し、原告は被告になったのである。アントーニオーが、シャイロックに処刑を免れるようにしてやるための裁定の条件を定める──彼の資産の半分の即時没収、彼の身代《しんだい》の全てがいずれ彼の娘とその夫のものとなること、そして、彼がキリスト教徒に改宗すること、すなわち、違いをなくすことである。そして、この違

いの喪失とともに、ユダヤ人は何の痕跡も残すことなくただ消えてしまう。劇は、その結末に至るまでに、まだそっくり一幕残している。残されているのは全て喜劇、たしかに憂いに染まってはいるが、それでも喜劇に変わりはない。

シャイロックの改宗と消滅は、危険なまでに悲劇の方に傾いていった芝居を救うものだが、それはまた、私が章の冒頭で挙げたような、特定の限定された文化的置き換えが破綻を来《きた》すその限界点を示している。その置き換えが依拠していたのは、私が先に示唆したように、純粋で抽象的な代替の論理ではなく、黙示録にある終末に至るまで、ということはつまり、根本的に同化しようのないキリスト教の二つの敵——ユダヤ教とイスラム教——のあいだの特別な繋がりだった。シェイクスピアが示した芸術的解決は、敵が最終的な同化に同意すること——同化以外の選択肢は、自分の命と生きるすべを失うことなのだから——にある。こういった喪失の可能性に直面して、シャイロックは自分の憎悪の限界に至ってしまうのである。

『ヴェニスの商人』を執筆してから数年後、シェイクスピアは憎悪の問題に立ち戻って、憎む側が限界を受け入れなかったとすれば——その人物が敵を破滅させるためにならば行かなければならないところまで行こうとしたとすれば——どうなるかということを想像しようとした。この劇もまた、内と外の両側の人物を扱っているが、最も憎悪を募らせているのは、今度は内側の人間の一人である。(10)イアーゴーは正義になど関心がない。彼は法の執行など求めていない。彼が欲するのは、ただオセローの完全な破滅だけであり、それを実現するためには、彼は何があってもとどまろうとはしない。彼が、最初は旗手として、次には(彼が熱望していた地位である)副官として、オセローの配下にあるということは、いっさい問題にならない。彼の妻のエミーリアがオセローの妻のデズデモウナの侍女であるということも、やはり問題にならない。イアーゴーが口にする有名な勧告――「財布に金を入れておけ」(最初に言うのは、一幕三場三三三行)――で皮肉な点の一つは、彼自身は自分の経済的な利益に全く関心がないということである。彼が抱くような強烈で一途な憎悪は、最終的に自分の生き残りにすら無関心なのである。

劇の終わり近くで、オセローが最後に自分が欺されて何をするように仕向けられたのか理解したときに、彼は驚愕してイアーゴーを見つめる。「奴の足の方を見ているのだ」と彼は言って、こういった邪悪さは悪魔に由来しているということを請け合ってくれるはずの割れた蹄を確認しようとする。けれども、そういった露見を通して万事が魔法が解けるように解明されるというようなことは起こらない。代わりにオセローが見るのは、人間の身体である。「奴の足の方を見ているのだ。でもそんなのはただの作り話なのだな」（五幕二場二九二行）。彼は、その作り話の端くれに縋《すが》って、問う。「どうか、頼むから、その悪魔の片割れに聞いてくれ。どうして、俺の魂も身体ももろともにこんなふうに罠に掛けたのだ」（五幕二場三〇七―八行）。『ヴェニスの商人』の中の同様な問いに対して、シャイロックは自分が挙げることの出来る理由は、彼がアントーニオーに抱いている「積年の憎しみと揺るぎない嫌悪の念」（四幕一場五九行）だけだと答える。『オセロー』の中でイアーゴーは、こんなに切り詰めた動機の宣言が提供しうるような最小限の満足すら拒否する。

俺に何も聞くな。お前たちは知っていることは知っている。
今からはもう俺はいっさい口を利かんからな。（五幕二場三〇九―一〇行）

この瞬間の先には喜劇の可能性など何もなく、田舎の屋敷の月明かりに照らされた庭への逃避もあるべくもない。ごくふつうの人間の中に潜む、限りのない絶対的で言葉にも言い表せない憎悪を前にして、居合わせた人々は支離滅裂の状態に陥ってしまう。そのうちの一人は、イアーゴーの口を割らせるために、拷問に掛けてはどうかと言う――しかし、いったい何の意味があるのだろう。観客はイアーゴーが話せることは全て聞いてきており、彼が拷問の下で明らかにできることなど何の役にも立たないということを知っている。この認識こそが、目の前にいる悪魔の片割れが全身これ人間であるという認識と相俟って、劇の最後にベッドの上に死体が折り重なる光景を描写するのに用いられる言葉――とりわけここではあらゆる意味合いを帯びて用いられる、「悲劇的」というその言葉――に重みを与えている。

ヴェニスの高官ロドヴィコはイアーゴーに告げる、「このベッドの上に積み重なった悲劇的なものを見ろ。これはみなお前の仕業だ」（五幕二場三七三―七四行）。「悲劇的」という言葉がここで帯びる意味合いの一部は、イアーゴーがもたらしたもののとりわけ文学的な性格についての一瞬の認識と、それゆえ、劇作家と彼が作り出した最も震撼すべき悪人とがいかに重なっているかという暗黙裡の苦痛に満ちた認識である。シェイクスピアはシャイロックとも自身を重ね合わせていた――『ヴェニスの商人』についての最近のあるすぐれた書物は『シャイロックはシェイクスピアである』と名づけられていた[11]――が、しかし、その同一化の限界は、シャイロックが姿を消したあとにまるまる一幕続く劇中の暮らしによって、はっきりと示されている。イアーゴーが姿を消すその先には、ただ沈黙があるのみである。

喜劇仕立ての『ヴェニスの商人』は、観客に、どこか収まりの悪い面はあるにせよ、それなりに安心させるような、改宗についての空想を提供していた。シャイロックは私たちのうちの一人となって、そうすることで姿を消すだろうというわけである。けれども、『オセロー』には、同じように安心を与えてくれるものは何もない。正直者のイアーゴーの憎悪には限界はなく、しかも、彼はすでに私たちのうちの一人なのである。

この耐え難い事実を前にして、肌の黒い異邦人でありながら、キリスト教文明を護る英雄として自らを作り上げてきたオセローは、崩れてゆく道徳的世界を何とかして保とうと必死に努める。「知られているように、私は国に対していくらかの務めを果たしてきました」（五幕二場三四八行）と、彼は語る。以前なら、こういった言葉は、特別な倫理的な説得力——集団の壮大な企てに身を捧げるために、個人的な考慮を後回しにすることから来る説得力——を帯びて響いたかもしれない。[12] けれども、オスマン帝国の艦隊を霧散させた嵐は、自分は正しく重要な存在なのだと権力者が自信を持って思えるようにしてくれるはずの目的意識を枯渇させてしまっている。

『オセロー』を締めくくる言葉を語るヴェニスの高官グラジアーノとロドヴィコは、公の秩序を回復させるのにふさわしいあらゆる素振りをしてみせる。

あなたはこの部屋を退去して、私たちといっしょに来てもらわなければなりません。
あなたの権限と指揮権は剝奪されて、
キャシオーがキプロスを治めることになります……。
……あなたは収監されて、厳しい監視の下に置かれます。
……さあ、連れて行くのだ。（五幕二場三三九―四六行）

けれども、国家としてのヴェニスが持つ、判決を下し、罰し、資産を再配分するという権能――『ヴェニスの商人』でものごとを決着させた権能――は、『オセロー』の結末では一切の道徳的な意味を失っているように見える。オセローの家屋や富が、どの程度のものであろうとも、最終的にデズデモウナの叔父のグラジアーノに譲られることになるのかどうかなど、誰か気にするだろうか。そして、イアーゴーを拷問に掛けるようにという指示が改めて出されること――「そうだった、すぐに実施しろ」（五幕二場三七九行）――は、底知れない憎悪を前にして国家にはなす術《すべ》がないという感覚をいっそう強めるだけのように思われる。

グラジアーノとロドヴィコは状況はきちんと制御されていると自分たちを得心させるた

めに、慣例に従った手はずを踏む。彼らは起こった出来事に対する戦慄の念を口にするが、必要以上にそれについて思いを巡らせることになど耐えられない。彼らは急いで帰路について、帰ってから報告書を作成するつもりでいる——が、実際のところ、彼らは何一つ理解していない。理解を超えて、限界を超えた、死をも辞さない悪意という証拠に直面して、彼らは、私たちのほとんどが、ありがたいことに終始一貫しているわけではないふだんの生活を続けてゆくためにやることをやる。彼らは幕を引くのである。「この光景は目に毒だ。／隠しておくように」（五幕二場三七四―七五行）。

打ち砕かれた倫理的な権威を自らの手で再構成しようと努めることは、つねに英雄的な行動に出ようとするオセローに委ねられる。あまりに人間的なイアーゴーには救済の余地はなく、オセローやあるいはほかの誰が何をしようともデズデモウナを生き返らせることは出来ないだろう。けれども、濃い霧のように迫りくる混乱と悲嘆の中で、オセローは、彼が自分の生涯の物語と呼んできたものを自ら制御してゆく術《すべ》を取り戻し、それと同時に、彼が忠実に仕えてきた国家の権威・権能が受けた損傷を修復させるための方途を見出す。彼はそれを、イアーゴーの行動を共同体とその目的の軌道へと自分の手で強引に引き戻すことで、成し遂げる。完璧に内部の人間である正直者のイアーゴーは、その共同体の価値をもっぱら体現しているように見えたが、実際にはその価値を裏切って虚無に陥れていた――「俺は俺とは違うのだ」。オセローが果たさなければならない課題は、ふさわしい敵――ヴェニスのキリスト教徒が長く憎悪すべきと見なしてきた標的――を特定し破壊することである。

オセローはこの標的を自らのうちに見出す。彼はまず己れを自分の種族全体に等しい価値のある真珠を投げ捨てた「卑しいユダヤ人[13]」に喩え、それから、ユダヤ人であるだけでは限界のない憎悪を引き出すには十分でないかのように、もう一方の大敵――「悪意に満ちたターバン姿のトルコ人」――の方を見やって、両者に対する最後で決死の攻撃に打って出る。「私は割礼を施した犬めののど元を摑んで、この通り、打ち据えた」(五幕二場三五六、三六二、三六四―六五行[14])。

第四章　シェイクスピアと権力の倫理

一九九八年、友人で当時合衆国の桂冠詩人を務めていたロバート・ピンスキーが、ホワイト・ハウスでの詩の朗読会に招待してくれた。それは新しい千年紀の到来を祝うために企画された一連の正装での催しの一つだった。その際に、クリントン大統領が開会の式辞を述べたが、その中で、彼は、自分が初めて詩に出会ったのは中学生の頃で、その時、先生から『マクベス』の中の数節を暗記させられたと回想して、これは政治家としての人生にとってはきわめて幸先がいいと言えるものではなかったと、いくぶん皮肉っぽい調子で語った。

式辞が続いたあとで、私は大統領と握手するための列に加わった。自分の番が来たとき、私は奇妙な衝動に襲われた。この時期は、モニカ・ルインスキーとの情事のうわさが流れてはいたが、それからしばらくして、ことの全体が国を挙げてのグロテスクな大騒ぎに発展する、その前の頃だった。私は手を差し出して、「大統領、『マクベス』というのは、おそろしく大きな野心を抱きながら、政治的にも道徳的にも破滅をもたらすと自分でわかっていることをするように強いられていると感じる人物についての、偉大な劇だと思われませんか」と言った。クリントンは、手を握ったまま、一瞬私の方を見て、こう言った。『マクベス』というのは、そのおそろしく大きな野心が倫理的に不適切な目標に向けられた人物についての、偉大な劇だと思います。」

私はコメントの素早さにも驚いたが、その適切さには舌を巻いた。それは、正統な支配者を殺すことによって権力を握るよう自らを駆り立てる衝動についての、マクベスの苦渋に満ちた思いをじつに鋭く捉えていた。

　　　　　俺には自分の思いの
両脇に掛ける拍車などないが、ただ自らを
跳び越えて、その先に墜ちてしまう
逸《はや》る野心だけはある。（一幕七場二五―二八行）

私はその夜、ビル・クリントンは天職に就きそこなったという思いを抱いて、ホワイト・ハウスをあとにした。その天職とは、むろん英文学の教授である。しかし、彼が実際に選んだ職業は、シェイクスピアを通して、人間の野心にとって「倫理的に適切な目標」を見出すことなどはたして可能なのか考えることを、いっそうふさわしいものにしている。

マクベス自身、この問いに苛まれているように見える。確かに、彼の不安は、一つには、紛れもなく用心深い懸念、自分が人にすることは、目には目をの論理で、必ず自分にもされるだろうという恐れから来ている。けれども、彼の躊躇《ためら》いはより深く倫理的な義務の念に――この場合は、自分の主君である王に従い仕えなければならないという義務の念に――根差している。彼の妻は、夫のこういう性格をあまりにもよくわかっていて、あらかじめ彼の心中の葛藤を鋭く予見していた。

あなたは偉大になりたくて、
野心もないわけではないが、そうするためにはどうしても
必要な凶悪さが欠けている。（一幕五場一六―一八行）

それゆえ、王冠をつかみ取るためのこの上ない機会を前にして――ダンカン王は彼の居城

に逗留しているのだ——、マクベスはひるむ。自分は王の縁者で家臣ではないか、そして、目下のところ、王を迎えてもてなす側であり、むしろ、「王の命を狙う者に対して扉を閉ざしてしかるべきで、／自身が短剣を手にするなどあってはならないことだ」（一幕七場一五—一六行）と彼は考える。その上、まず第一に、王の振舞いには、わずかでも彼の殺害を正当化してくれそうな要素は何一つなかった。（シェイクスピアは、いかにも彼らしい流儀で粉本の内容に手を加えて、ダンカンの無能さの証拠を消し去って、そうすることで、彼の暗殺に対する合理的な根拠を取り除いている。）それどころか、マクベスは、こう思案する。

このダンカン王は
その務めをたいへん柔和に果たされて、大権を預かる座にあっても
穢れのないよう振る舞ってこられたので、王の徳は
さながら守護する天使のように、王の命を奪おうとする者は
地獄で劫罰を受けるだろうと、ラッパのごとく声高に言いたてるのだ。
（一幕七場一六—二〇行）

「柔和」というのは、直前に、血なまぐさい軍事作戦を指揮して、敵であるコーダの領主を詮議もせずにすぐさま処刑するよう命じるのを私たちが見ていた王を描写するものとしては、奇妙な言葉である。けれども、そのことは、ダンカンの暗殺者は「地獄で劫罰を受けるだろう」というマクベスの思いをいっそう募らせることに繋がっている。

ここでの神学的な言葉遣いは、暗殺を企てる者の内面の恐怖を表しているのであって、シェイクスピアが王位の神聖さを唱えていると理解するべきではないだろう。確かに、彼の作品の中で私たちはそういう主張をときに耳にするが、そういった主張は巧みなアイロニーをもって扱われているのがふつうである。

王はその神聖さでしっかり護られているから、
謀反の企ても、ひそかに願うだけで実行になど至らないものだ。

周りを安心させようとしてこの言葉を口にするのは、実際に王を殺しているクローディアスだが、彼はまた、この言葉どおりに、怒りに燃えるレイアーティーズをうまくなだめてもいる（『ハムレット』四幕五場一二〇―二一行）。シェイクスピアの芝居のどれ一つとして、『マクベス』ですら、王位簒奪の行為は情状を酌量するまでもなく全て悪だという見方をはっきりと支持するということはなく、どれも、既存の秩序を倒すために暴力に訴えることを絶対に倫理に悖ると非難することもない。当時の最も保守的な層の意見とは違って、シェイクスピアは、天の裁可を得た君主でも力づくで廃位するということに真っ向から反対という立場を取ることはなかった。彼がよく理解していたように、暴力は体制変化の主要な仕組みの一つなのである。

シェイクスピアの経歴の中で早い時期のものから一例を挙げると、リチャード三世は王の血を引いており、血統としては国中の誰よりも王位に就く権利を持っている。（確かに、彼自身が自分の前に立ちはだかる者を全て殺すことによって、そうなるように仕向けていたのだが、冷酷さは絶対に正統性と両立し得ないということはけっしてなかった。）彼は、祈禱書を手にして二人の「篤実な聖職者」（三幕七場七五行）を伴って市民の前に現れるなど、道徳的な権威の衣裳で身をくるむように気を配っており、そしてまた、この敬虔さの見世物が偽善的で、市民の歓呼が裏で操作されたものだったとしても、シェイクスピアの観客は、こういった見世物はものごとの不可欠な要素であることを容易に理解していた。エリザベス女王が戴冠の行進のあいだ、いかにも人目を引くかたちで聖書に口づけしていたと、その頃になってもまだ思い起こす者もいたかもしれない。けれども、シェイクスピアのこの歴史劇は、簒奪者の側について立ち上がることは理に適っており、健全なことで、必要ですらあるということをけっして疑っていない。包囲された王は、侵攻してきた軍――「卑しい輩」に率いられた「浮浪者やごろつきに脱落者ども」（五幕六場四六、五三行）――を殲滅するよう、自分の軍勢に向かって精力的に檄を飛ばす。しかし、卑しい輩は王を殺すことに成功する。

しかし、シェイクスピアが王座を神格化するような見方を仮借ないアイロニーをもって扱ったとしても、彼が何らかの抵抗の一般原理を支持するというようなこともなかった。こういった原理は、例えばジョージ・ブキャナンが推奨した暴君の殺害[1]や、モンテーニュの友人エティエンヌ・ド・ラ・ボエシーが提案した受動的な不服従[2]、あるいは、トマス・スターキーが説いた寡頭の共和制[3]など、さまざまなかたちで広く出回っていた。ヘンリー八世の治世の下で、スターキーはこう書いた。「己れの脆弱な空想と抑えの利かない感情に従うような君主の意志によって国全体が治められること以上に、自然にとっておぞましいものなど何があろう[1]。」そして、彼は、人々の幸福と尊厳と自由を確保する唯一の方法は、古代のローマ共和国を作り上げ、彼の見解では当代のヴェニスの繁栄の因《もと》ともなっている、自由選挙を維持することだと宣言した。

シェイクスピアは、ローマにもヴェニスにもともに深い思い入れを持っており、この議論をたいへんよく理解していたが、それでも、この見解に対しては批判的でアイロニカルな距離を置いていた。彼の作品の中にも――例えば、『タイタス・アンドロニカス』や『コリオレイナス』、あるいは、『ハムレット』や『マクベス』などの中に――選挙が描かれるか、または、言及されている。けれども、そういった選挙はすべて、根本的に欠陥があるものとなっている。劇が選挙とは異なった制度にむやみに肩入れしているというのではない。それらの劇は、一つの光景にさまざまな変奏を加えて、これをくりかえし示してみせる。それは、ジュリアス・シーザーが不実な追従者に囲まれて、自分の人となりについての神話に自ら囚われ、名ばかりのものと化しつつあるローマの自由を今にも完全に破壊しようとしている姿に凝縮された光景である。この公の脅威を取り除こうと決意を固めた共和派の陰謀者たちは、道徳的な原理に固執する。「俺はシーザーと同様に自由の身に生まれたし、君だってそうだ」（一幕二場九九行）と、キャシアスはブルータスに語る。しかし、彼ら自身が統治しようという意志を持っているのかどうかははっきりしない。実際、ブルータスは演説で、シーザーの暗殺を招いたのは、まさしく彼の中にこの意志がはっきりと見て取れたことだったと、説明している。

シーザーは私を愛してくれたから、私は彼のために泣く。彼が幸運に恵まれていたことを、私はうれしく思う。彼は勇敢だったから、私は彼に敬意を抱いている。しかし、彼は野心を抱いていたので、私は彼を切ったのだ。（三幕二場二三―二五行）

もし陰謀者たちが、にもかかわらず、新たに回復されたローマ共和制の中で権力を振るうことを目論んでいるとすれば、その目論見は、劇が示しているように、自分たち自身の内輪の不和や、人々の意志に対する彼らの軽蔑の念、そして、彼らの判断の決定的な間違いによって、初めから破綻する運命にある。結末で、勝利を収めたアントニーは、一瞬歩みを止めて、彼がブルータスの「寛く高潔な思い」と呼ぶもの、つまり、彼の倫理的な動機に敬意を表する。

陰謀者たちはみな、彼一人を除けば、
偉大なシーザーに対する羨望の念からことをしでかしたのだ。
彼だけが寛く高潔な思いと
全ての民によかれという信念から、彼らの仲間に加わったのだ。

（五幕五場六八―七一行）

それから、彼とオクテイヴィアスは、ローマの国を分割するという重要な仕事に取りかかる。

ブルータスのような運命を負っているのは彼だけではない。シェイクスピアの作品には、明確な道徳的見解を具えながら、権力への意志を持った人物は一人もいないし、また、逆に、他人を支配したいという強い欲望を抱きながら、倫理的に適切な目標を持っている人物も一人もいない。このことはシェイクスピアの描く悪人たち――誇大妄想に駆られるリチャード三世や、私生児のエドマンド（と、それに加えて、おぞましいゴネリルとリーガンとコーンウォール）、マクベス夫妻など――にとりわけよく当てはまるが、そのことはまた、『リチャード二世』と『ヘンリー四世』二部作の中のボリンブルック、『ジュリアス・シーザー』のキャシアス、『ハムレット』のフォーティンブラス、『マクベス』の中のマルコムなどにも、当てはまる。華々しい勝利を収め、シェイクスピアの中で最もカリスマ性のある英雄であるヘンリー五世ですら、劇を貫く、権力を振るうことの倫理性についての懐疑の念を、実質的に大きく変えることはない。

改心した放蕩者であるヘンリー五世ほど、そもそも自分が権力を握っていることには、そしてまた、どうしようもなく薄弱な口実に基づいていると自身承知の上で開始した外国との戦争には、何か深く損なわれたものがあることを自覚している者はいない。雌雄を決するアジンコートの戦いの前夜に、彼はいかにも不安げに神に対して和議を願って交渉し――「どうか今日だけは、ああ主よ、／どうか今日だけは、父が王冠を得るために／犯した罪をお考えにならないでください」（四幕一場二七四―七六行）――、そして、明らかに神も少なくとも一時的にはその願いを聞き届けている。けれども、仕舞い口上がはっきりと告げるように、王のあとを継いだ息子は、しばらくして父親が得たものを全て失うことになる。そして、皮肉なのは、この息子ヘンリー六世は、シェイクスピアが描いた支配者たちのうちでほとんどただ一人、高邁な倫理的目標を具えた人物だということである。深い信仰心を持った人間として、彼は、手に負えず暴力的でひたすら野心に燃える貴族たちのあいだに平和をもたらそうと懸命に心を砕く。不幸なことに、この敬虔な王は統治するための技能を何一つ持ち合わせていない。貴族たちは容易に彼を打ち倒して、国を凄惨な内乱に突き落としてしまう。

『ヘンリー五世』は、おそらくシェイクスピアが支配者の権力を神に裁可されたものとして表象することに最も近づいた例だろう。劇の終わりに、勝利を収めたヘンリーは、この勝利は全て神のみに帰されるということを否定する者は死罪に処すと宣布する。けれども、この宣布は、劇が繰り返し明らかにしてきたこと――すなわち、シェイクスピアの作品全体においてと同様に、ここでもまた、権力の倫理は深く蝕《むしば》まれているという事実――を強調するだけである。

シェイクスピアの歴史劇と悲劇は全て、秩序が回復されたことが宣言されるかたちで終わっており、その秩序は時に道徳的な装いをしている。

今や内乱の傷口はふさがれ、再び平和が蘇《よみがえ》った。
その平和がこの地で長生きすることに、神が「アーメン」と言われますよう。
（『リチャード三世』五幕八場四〇―四一行）

私は聖地に巡礼の旅に出て、
罪深い私の手からこの血を洗い流すことにしよう。
（『リチャード二世』五幕六場四九―五〇行）

このこととそのほか
余に求められる必要なことについては、神の御加護を賜って、
それぞれふさわしい次第に従って、適切な時とところで果たすとしよう。
（『マクベス』五幕一一場三七―三九行）

しかし、そういう装いは、意図的に、決してしっくりと収まっていない。こういった劇のほとんど全ての結末における国家は、オールバニーが「深手を負った国」（『リア王』五幕三場三一九行）と呼ぶ状態にあり、そういった傷を負いながらなおも生き延びてゆく能力は倫理的な価値とはほとんど何の関係もない。

シェイクスピアの中で本物の統治の技能を求めるなら、それは、『ハムレット』において、王になるためにハムレットの父にあたる自分の兄を殺す簒奪者クローディアスの中に最も魅力的に表されているだろう。

目下の状況は以上のようなものだ。余はノルウェイ王に
書簡をしたためた。若いフォーティンブラスの伯父だが、

すっかり弱って寝たきりの状態で、甥の目論見についても
ほとんど何も聞いていないようだ。が、徴用された兵士たちは
いずれもこの王に仕える者たちなのだから、
これ以上甥が我が国に侵攻するのを
抑えるように求めた。そして、余はここに、
コーネリアスとヴァルテモンドよ、お前たち二人を
老いたノルウェイ王にこの親書を手渡す役に任じて遣わす。
王との交渉については、ここにこまごまと記した細目が
許す範囲にとどめて、個人の判断で勝手に
これを超えるようなまねをしてはならない。
では、行ってまいれ。すみやかにことを済ませて、忠義のほどを示すのだ。

（一幕二場二七―三九行）

シェイクスピアは、彼には珍しいほど退屈なこの台詞を聞かせるという危険を冒してでも、権力者の声――実務的で、自信にあふれ、決断力があり、政治的にも抜かりのないタイプ

の声――とはどういうものか伝えようとした。そして、それはまた、言うまでもなく、殺人犯の声――デンマークの国の中で腐っている一切のもののその腐敗の源《みなもと》の声――でもある。

権力を得るために奮闘する人々と少なくとも同じ程度に、シェイクスピアを魅了したのは、権力から身を引こうと努める人々である。甘やかされた夢想家で、自分が王座から追われることをむしろ願っているように見えるリチャード二世、愛に溺れて、世界を支配するよりクレオパトラを抱く方を選んだアントニー、政治家としての暮らしに伴う日々の儀式に耐えられないコリオレイナス、そして、

余の老いた肩からは気苦労や仕事の類をすべて振り落とし、
若く壮健な者たちにこれを委ねて、余の方は
身軽になって、死に向かって這い込んでゆく（一幕一場三七―三九行）

ことを願う年老いたリアなどである。それぞれ全く異なったこれらの人物たち――そこにはまた、『尺には尺を』のヴィンセンシオーや『あらし』のプロスペローを加えることもできよう――が共有しているものは、統治することの重荷から逃避したいという欲望であ

る。いずれの場合も、この欲望の行き着く先は破滅的な事態である。

というのは、権力を伴う地位から去ることを望む人々にシェイクスピアが惹かれたとしても、彼は、同時にまた、こういう試みは必ず悲惨な状況に繋がるということを確信していた。権力は世の中で行使されるために存在する。目を閉じて、自分の書斎か恋人の腕の中か娘の館に逃げ込むことを夢見たとしても、それで権力が消えてなくなるわけではない。それは単に誰か他の者――おそらくもっと非情で手際がよく、倫理的に適切な目標からはさらに隔たった者、例えば、ボリンブルックやオクテイヴィアス・シーザー、エドマンド、アンジェロ、あるいは、プロスペローの座を奪った弟のアントーニオーなど――の手に握られるだけだろう。

「秘密の研究に夢中になった」(『あらし』一幕二場七七行) ために、プロスペローは、自身に委ねられた権力にきちんと関心を払わなかった咎《とが》の代償として、公爵の地位を失うが、しかし、流浪の身になっても、彼はこの権力の問題から逃れることは出来ない。彼は、娘とともに、一つの島にたどり着いて、この島が彼が権力の倫理を試すための一種の実験室となるのである。プロスペローはルネサンスが高く評価した君主としての美質の多くを具えているが、実験の結果は、せいぜいのところ、長短が分かちがたく混じり合っているというものである。島の原住民の一人は束縛から解放されるが、その結果は無理やり強制的な労役に就かされるだけであり、もう一人の原住民は教育を施されるが、結果としてはただ奴隷にされるだけである。

こんなプロスペローも、一つ決定的に重要な倫理上の進歩をするように見える。彼の憎らしい弟とほかの敵たちは、彼の絶対的な統制の下に置かれることになるが、プロスペローは彼らに対して復讐しないことにする。けれども、この選択がされるのは、「もし私が人間だったら」（『あらし』五幕一場二〇行）、自分が何をしていたかを説き聞かせる妖精のアリエルの勧奨を受けてのことである。おそらく、プロスペローが——この場合は、アリエルに勧められてではなく、自らの自発的な意志で——する最も印象的な倫理的選択は、自身の魔力（夢物語の中では戒厳令に相等するもの）を放棄し、一二年前に失った公爵の座を取り戻し、かつて自分が追い出された市に帰還することである。そうすることで、彼は自ら進んで、一時的に逃《のが》れていた偶然性と危うさと道徳的な不確かさへと再び身を投じてゆく。そして、そういった心境の変化を映し出すかのように、彼はアリエルをあとに残してゆく。

こういった物語が向かう先にある結論は、公《おおやけ》の生活に品位や清潔さを期待することなど冷ややかな皮肉の念を込めて一切放棄するということではなく、実際の社会や政治、心理の状況から乖離したかたちで抽象的な道徳上の規則を考案しそれに従おうとするあらゆる試みに対して深い懐疑の目を向けるということである。この懐疑の念がシェイクスピアを当時の倫理的考察の支配的な流れと対立させることになる。それは何も、彼が、マーロウのように、この流れに逆らって泳ごうとしたり、流れに対する激しい抗議を舞台に乗せたということではない。彼はただ単純に、そういった流れは自分の芸術と相容れないと感じたように思われる。

ルネサンスの道徳思想は、その基盤にあるキリスト教神学と同様に、哲学者のバーナード・ウィリアムズが「倫理化された心理」と呼ぶ、プラトンが考案した考え方に深く影響されている。ウィリアムズの卓越した書物『恥と必然』はこの考え方に戦いを挑んでいるのだが、その考え方というのは、「心の機能は、とりわけ行動に関して、倫理学に基づいて意味づけられた範疇を通して定義される」というものである。こうして、心理的な葛藤、とりわけ、理性と欲望とのあいだの葛藤は、誤って倫理的な葛藤と理解されることになる。広範な影響を及ぼしたが間違ったこの伝統では、「理性は魂の中の独特な一部分として作用するが、それはあくまで、理性がさまざまな欲望を制御し、支配し、克服するという点

に限られている」と、ウィリアムズは述べている。(2)

『あらし』でも、まさしく妖精のアリエルの道徳的な助言に対するプロスペローの反応の中に、この倫理化された心理が垣間見える。プロスペローは語る。

あの連中から受けたひどい仕打ちは骨身にしみているが、
私の憤りを抑えて、より高邁な理性の側に
つくことにしよう。（五幕一場二五―二七行）

けれども、劇は全体として――そして、この劇を含めたシェイクスピアの作品全体としても――、心はその基本構造からして道徳化されているという考え方に、そしてそれと並んで、責任についての本質的に正しい概念を探究するという発想にも、抵抗している。プロスペローの性格はあまりに複雑で、アリエルやキャリバンらに対する彼の関係はあまりに多くの問題を孕んでいるので、明快に腑分けして、道徳的な動機とそうでない動機とのあいだに安定した区別をつけることなど出来るものではない。

シェイクスピアが明らかにこの区別を支持できないと考えたとすれば、彼がこのことについて問題だと感じた点は、ウィリアムズがそういった区別の根柢にある基盤と特定したもの――「道徳上の生き方についての独特の誤った見方で、それによると、真に道徳的な自己は性格を欠いた存在であるというもの」[3]――にある。シェイクスピアからすれば、性格を欠いた自己など存在しない。彼の疑念はふだんの実践に根差している。つまり、その疑念は、劇作家としての彼の力量と不可分に繋がっていた。道徳的な自己に性格などないという考えは、シェイクスピアからすれば、哲学的な過誤というより、むしろ、彼の生涯を通しての仕事が反古にされるか全否定されるに等しいものだった。

シェイクスピアの描く人物たちは、道徳的に内容の濃い印象的な生き方をしているが、そういった道徳生活は自律したものではない。いずれの場合も、それは、その人物が参加している特定の固有な共同体と密接に繋がっている。『ジュリアス・シーザー』の中で、ブルータスは、自分は仲間の圧力に屈することなどなく、倫理的な原則に基づいて行動していると考えているが、観客はそうでないと知っている。キャシアスは独白でこう評している。

ブルータス、お前は確かに高貴だが、でも、俺には、
お前の気高い性質も、うまく働きかければ

今とは違う方に向かせることが出来るとわかっている。（一幕二場三〇二―四行）

ブルータスの命取りになるのは、自分が「働きかけ」られるその程度を理解していないこと――自身と、自分が完全に倫理的に自律しているという自身の空想とに対して、社会が及ぼしている影響を認識しようとしないこと――である。

シェイクスピアの悲劇的な見解は彼が生きた時代の政治的な欠陥の結果であると論じることは、おそらく可能だろう。民主的な制度といった概念など何一つ存在せず、絶対的な権力を主張する世襲の君主が支配するところには、世俗の世界で成功を目指す者にとってその野心を満たしてくれて倫理的にも瑕疵のない目標を設定できる余地など全くと言っていいほど残されていなかった。けれども、シェイクスピア自身の懐疑は、民衆の側にも向けられているように思われる。実際、民衆たちは、『ジュリアス・シーザー』や『コリオレイナス』の中できわめてアイロニカルに扱われている。つまり、シェイクスピアが選挙活動や投票や代議制について想像しようとしたとき、彼は、人々が、裕福で心中は底知れないほど冷淡な政治家たちによって、自分たちの利害に反して行動するよう繰り返し仕向けられるという状況を描いたのである。

シェイクスピアにあっては、支配は、その力を行使するべく生まれた人間にとって、逃れようのない運命である。それはまた、『リチャード三世』におけるリッチモンドや、『リア』のエドガー、あるいは『マクベス』のマルコムのように、恐るべき敵と対決するよう強いられて、行動する以外に選択肢がなく、やむを得ず力を行使するように駆られる者にとっても、やはり変えようのない運命である。ほかの登場人物のうちの比較的少数の人々——一般に権力に近いところで生まれてはいるが、その直接の継承者ではない者たち——は、統治の手綱を握ることを積極的に追い求め、そのうちの少数の者は、その非情さかあるいは幸運が功を奏して、思いを遂げる。しかし、シェイクスピアは、こういう連中を、一人残らず、自分が背負った重荷のために結局は潰されるように描いている。おそらく、これは、シェイクスピアにとって独特なかたちの慰めないしは希望だったのだろう。

統治というのは、シェイクスピアが思い描いたような意味では、途轍もない重責であり、その端的な象徴は、ボリンブルックがヘンリー四世になったあとで、この有能で強靱な精神を具えた簒奪者を悩ませる不眠症である。今日シェイクスピアの作品から統治の原理を引き出したと称する本が何冊も出ているが、不眠——絶え間なく責め苛む不眠——こそが、シェイクスピアが一貫して描いた数少ない原理の一つである。

ほかにもう一つ主要な原理があって、それが私たちを、ビル・クリントンがマクベスについて語ったコメントへと私たちを連れ戻すことになる。マクベスは、客人であるダンカン王を殺して権力を握ることを夢見る。彼は暗殺がすみやかに実行されて、それが決定的で一回限りのものであること――それで任務完了となること――を願っている。それを彼はこう言い表している。「それをしたときに終わりになるなら、／早くすませるに越したことはない」（一幕七場一―二行、傍線は引用者）。その誘惑はあまりに強く、死後の神の審判の脅威をすら無視させるほどだ、と彼は言うが、それでもなお、決定的な瞬間に、彼はたじろぐ。

我々はつねにここ地上で裁きを受けるのだ。そして、我々が
血なまぐさい指示をするだけでも、その指示はひとたび発されると
最初に指示した者を苦しめるべく、戻ってくるのだ。（一幕七場八―一〇行）

これは、思うに、統治についてのシェイクスピアの見解の中核をなすものであり、もっと高邁な倫理的目標のいずれにも取って代わりうるものである。権力の座にある者の行動には結果が伴っており、それは長期にわたり、逃れようのないもので、制御のしようもない。

「我々はつねにここ地上で裁きを受ける。」人の行動が裁きを受けるのは、どこか想像上のほかの世界においてではない。それは今ここでである。裁きとは実質的に罰を意味している。人が何か凶暴なことや他人を欺くようなことをすれば、その行動が何であろうと、そのことはほかの者たちを導く教えとなって、彼らはそれを最初にした者に仕返すだろう。シェイクスピアは人の善行は必ず報われるとも、報われるのが普通だとすら思っていなかったが、人の悪行は必ず、利息付きで、戻ってくると確信していたように思われる。

『マクベス』のように魔女や殺害された者の亡霊が出没する劇においてすら、この因果律は、人知を超えた必然といったものを意味してなどいない。世界の外側、歴史の外側に、シェイクスピアの描く人物が自分たちの行動が正しいことを証明し、自分たちの野心にふさわしい抽象的で倫理的に適切な目標を確保したり出来るような場、立ち位置などあるわけはない。国家の存続すら、こういう目標たりえない。最後の、驚くべき例を引くことで、この点を強調しておこう。リアが退位したあとでは、コーンウォール公は王国の半分の正統で正式に裁可された支配者であるが、それでも、劇は彼が暗殺される様《さま》を舞台に乗せて、明らかにこの暗殺を正当視している。攻撃が突然何の警告もなく仕掛けられるのは、コーンウォールが政治の仕事に携わっているときである。具体的に言うと、彼はグロスター伯から、必要などんな手段を講じてでも、国の安全に関わる重要な情報——領土を侵略してきたフランス軍に関わる情報——を引き出そうとしているのである。

観客は、コーンウォールがまだ十分に知らないこと——侵略軍はもう疾《と》うに進軍中であるということ——をすでに了解している。少し前の場面で、追放された身のケント伯は、変装した格好で、一人の侍従に秘密を明かしていた。彼はささやく。

フランスから、このずたずたの王国に
一大隊がやってきていて、それはもう、
我が方がうかうかしているあいだに、こちら側の
最良の港のいくつかにこっそり上陸しており、今しも
彼らの軍旗を公然と掲げようとしている。（『リア王の歴史』第八場二一—二五行[4]）

この軍隊と通じているケントは、一人の侍従に徴となるものを手渡して、ドーヴァーに急ぐように指示して、そこで報告すれば、「お前に感謝してくれる者がいよう」（『リア王の歴史』第八場二八行）と告げる。

高い身分にあって、侵略軍と協力しているのは、ケントだけではない。グロスター伯も

報せを受け取っていた。彼は息子のエドマンドに、「軍の一部はすでに上陸して」(三幕三場一一行)おり、彼らがコーンウォールの体制を打倒するのを自分も助けるつもりだ、と語る。けれども、エドマンドには彼なりの計画がある。彼はコーンウォールに父親が謀反を企てているという文書のかたちの証拠を差し出す。「これが父が話していた手紙です。これを見れば、父がフランスに利するように情報をやりとりしていたのは明らかです」(三幕五場八―九行)。エドマンドが人でなしであるのは言うまでもないが、手紙は本物である。

報告を受けたとき、コーンウォールと妻のリーガンはグロスターの館に客人として逗留していた。ふだんなら、彼らの振舞いはこういう状況によって厳しく制約されていただろうが、事態の緊急性が慣例上の関係を棚上げにさせ、道徳と倫理に悖る蛮行の舞台が用意される。コーンウォールからすれば、外国の侵攻についてグロスターが知っていることなら何でも、そして、なぜ彼が年老いて気の狂った王をドーヴァーに送り出したのか、知る――しかも、急いで知る――必要がある。コーンウォールは自分の召使いに命ずる。「国賊のグロスターを捜し出して、泥棒のように縛り上げて、余の前に連れてこい」(三幕七場二二―二三行)。グロスターは指示どおり捕らわれて、椅子に縛りつけられる。それに続くのは緊張感あふれる審問の場面だが、威嚇と言い逃れと一刻を争う事態を写実的に表象していて、震撼させるものである。

コーンウォール　さあ、言え、最近フランス王からどんな手紙を受け取ったのだ。
リーガン　素直に白状なさい、真相はわかっているんだから。
コーンウォール　そして、最近国に上陸した裏切り者の連中とどんなことを謀っているのだ。
リーガン　いったい誰の許に気の触れた王を送ったの。言いなさい。
グロスター　推量で書かれた手紙なら、受け取りました。でも、それは中立の立場の人物からのもので、敵側の人間からのものではありません。
コーンウォール　ずるがしこい奴だ。
リーガン　その上、嘘つきで。
コーンウォール　王をどこに行かせたのだ。
グロスター　ドーヴァーです。

リーガン　どうしてドーヴァーなんかに。そんなことをすればどうなるか……。
コーンウォール　どうしてドーヴァーなんだ。まず、それに答えさせろ。
グロスター　わしは杭に繋がれた熊同然だ。犬がひとしきり吠えたてるのに耐えるしかない。
リーガン　どうしてドーヴァーなの。（『リア王』三幕七場四二―五六行）

この見事に書かれたやりとりは、これにすぐ続く出来事――鬼と化した尋問者によって、グロスターの両目が剔《えぐ》られるという身の毛もよだつ展開――のために、この場面について論じた評論の中で取り上げられることはほとんどない。

シェイクスピアの時代の観客は、国事犯を拷問に掛けることについて、私たちより――あるいは、ごく最近までの私たちアメリカ人より――気に掛ける度合いがはるかに低かった。国家を守るための情報を引き出すために、手枷（つまり、吊るし刑具）や拷問台、親指締め具、スカヴェンジャー（掃除夫）[4]の娘という名で知られる恐ろしい道具などを用いるということは、民衆のあいだでよく知られており、一般に広く受け入れられてもいた。イングランドの慣習法はこれを禁じていたが、エリザベス女王もジェイムズ王も、枢密院の委任令状があれば、これを使用するよう命じる特権が君主にはあるとしていた。[5] 犠牲になったのはほとんどがカトリック教徒――イエズス会士や頑なな国教忌避者、謀反人など――だった。一五九七年に発令されたイエズス会の司祭ジョン・ジェラードに関する令状は、受刑者は「ごく最近ネーデルランドから一包みの手紙を受け取っており、それらはスペインから送られたものだと推定される」と説明している。ロンドン塔の取調官たちは、それゆえ、彼を尋問する権限を付与され、「その際に、もしこの者が臣下としての忠誠ゆえにしなければならないにも拘わらず、真実を申告し明らかにすることを頑なに拒んだり、不忠な態度を見せたりして、進んで応じようとしないなら、本状の権限で、手枷やそちらで用いられているほかの拷問の器具にかけて、そうすることで、これらの手紙に書かれていたもののうちで女王陛下や国に関わり、知られるにふさわしいことを本人の知る限りすべて速やかにうそ偽りなく話さざるを得ないようにされたい[6]」と指示された。『リア王』の観客にこういった令状を直接見る機会があったわけではないだろうが、彼らは、初演の少し前に過激なカトリック教徒によって計画された国会議事堂爆破の陰謀に加担していたガイ・フォークス[5]に対して公開で執行された恐ろしい処分を通して、いざとなると政府がどの程度までやるものなのかということの教訓を十二分に得ていた。抗議の声を上げる勇気のある者など一人もいなかった。

一六一〇年、イングランドの北方を巡っていた旅回りの劇団が、カトリック教徒の夫婦サー・ジョン・ヨークとジュリアン夫人の館で上演する芝居の演目に——大方は宗教行事に類するものだったが——『リア王』を含めた。劇団も主人夫婦も共に、国教忌避の廉で星室庁[6]に告発された。ということは、シェイクスピアの生前から、『リア王』は、キリスト教が布教される前のブリテンに設定されているが、迫害を受けるカトリック教徒に何らかのかたちで同情していると、信じる者が明らかにいたということである。両者の繋がりは、現代の読者にはすぐには見えないが、グロスターが目を剔《えぐ》られる場面に、私たちはそれを一番はっきりと感じ取ることが出来る。なぜなら、『リア王』において、シェイクスピアは拷問の仕方を——既存の体制を転覆させるために国外の勢力とひそかに通じているところを捕らえられた者への緊急の尋問として——完全にそれとわかるかたちで、しかも、完全に受け入れがたいものとして、表象するように工夫したのである。

そうするために彼が用いる方法は、道徳的な権威というマントに身をくるんだ君主や枢密院の構成員が彼らの指図を実行する悪辣な手先からその穢れをうつされるのを防ぐために保とうとする衛生上の距離を埋めることである。『リア王』における拷問は、卑劣な怪物として描かれた支配者コーンウォールとリーガンによって直接執り行われる。さらに、シェイクスピアは、拷問を課すことと情報を得ようとすることを巧みに分けてしまって、そうすることで、単なる手段という合理的根拠を骨抜きにしてしまう。コーンウォールは、高貴な生まれの国賊を捕らえるより前から、尋問の過程で得られる成果とは全く別に、相手を傷つける意図を宣言していた。

奴を死罪にすることは、正義の
形を踏まえないでは出来ないが、我々の権力は
我々の怒りに力を添えて、それを世間は
責めは出来ても、制御することなど出来はしない。（三幕七場二四―二七行）

この宣言について恐ろしく、しかも、ありふれた点は、その合法主義とサディズムと広報の吐き気を催すような融合である。それはまるで、コーンウォールがすでに、ほかの点では合法的だった囚人の扱いに一部遺憾な行きすぎがあったという事実をどういうふうに弁明しようか、考えているかのようである。(7)

グロスター伯の目を剔るというのは、恐ろしい光景を見慣れていたジェイムズ朝の観客

にすら衝撃を与えたように思われるが、劇の言葉は、巧みに行為を予兆し、そうすることで、その恐ろしさを強調している。この予兆のパターンは、何度も繰り返される「どうしてドーヴァーなんだ」という問いに対するグロスターの応答で、頂点に達する。「お前の残虐な爪が陛下の哀れで老いた目を／引き抜くのをなど見たくなかったのでな」(三幕七場五六—五八行)。これに対するコーンウォールの応答——「見せてなどやるものか」(三幕七場六六八行)と言って、彼は囚人の一方の目を剔る——は、当時の観客にとっては拷問の行為よりさらに衝撃的だったかもしれない反応を引き起こす。名もない召使いが進み出て、自分の主人にしていることをやめるように指図するのである。

　　　　　　　　お控えを、殿様。
子供の頃からずっとお仕えしてまいりましたが、
控えられるようにいま申し上げることとより
よい務めをいたしたことはありません。　(三幕七場七三—七六行)

リーガンとコーンウォールのそれぞれの叫び(「何ですって、この犬が」、「この悪党が」)は共に、介入してきた者の正体に——それがグロスターの召使いの一人(なぜなら、二人は、何と言っても、グロスターの館にいるのだから）ではなく、自分たちの召使いの一人であることに――対する、彼らの驚愕の念を反映している（三幕七場七七、八一行）。それに続く乱闘の中で、リーガンは剣を摑んで、奉公人の背中を刺す――「百姓風情が出しゃばって」（三幕七場八三行）――が、その前に、百姓は公爵に致命傷を与えている。そして、観客は明らかにこの反逆の行為――人間の品位のために立ち上がった下僕による支配者の殺害――を支持するように促されている。

彼の行為は重要な政治的結果をもたらすが、召使いは党派的な忠誠ゆえに行動しているわけではなく、いわんや、個人的な野心ゆえでもない。彼は倫理的に適切な目標――自分の主人である公爵が恥ずべき行動を取るのを何としてでも止めることによって、彼に仕えたいという欲望――を持っている。彼は自身権力を求めているわけでもなく、彼がフランス軍の侵攻を支持していると暗示するものも何一つない。グロスターに対する彼の今際《いまわ》の言葉――「殿様、まだ一つ目が残っておいでなのですから、／あやつも多少は傷を負ったのが見えましょう」（三幕七場八四―八五行）――は、人生の最後の瞬間に、召使いはその忠義の対象をコーンウォールからコーンウォールの犠牲者に移したことを示唆しているが、しかし、慰めようとするこの試みは、さらに悲惨な事態を招くだけに終わってしまう。致命傷を負ったコーンウォールは、グロスターの方に向き直ると、怒り狂って叫ぶ。「それ以上見せたりしないぞ。出ろ、ぶよぶよの粥玉が」(三幕七場八六行)。

『リア王』の二つ折り版のテクストでは、この場面は、リーガンが目を剔られた伯爵を本人の館から、その残酷さという点でほとんど幻想的な言葉とともに、追い出して——「あれを門から外に追い出すように。ドーヴァーには臭いを／嗅いで行かせればいい」(三幕七場九六—九七行)——、一方、血まみれのコーンウォールは、召使いの死体の始末をつける——「この下衆は肥やしの山に放り投げておけ」(三幕七場一〇〇—一〇一行)——ところで終わっている。四つ折り版[7]では、この後に、別の二人の名もない召使いの短いやりとりが加えられており、彼らは殺された仲間と同様に、今後に大きな政治的な目論見や野心を持っているわけではないが、権力に対する根本的に倫理的な態度を表明する。コーンウォールの行動を振り返って、一人が言う。「こんな男でもうまくやっていけるのなら、／どんな悪事を働いたって、気にすることはあるまいな」(『リア王の歴史』第一四場九六—九七行)。

支配者は、こうして、模範または先例としての意味を持つ。もし彼の行動が罰せられずにすむのなら、それなら——ドストエフスキーの言葉[8]を敷衍すれば——どんなことでも赦される。もう一方の召使いは、夫についてではなく、妻について考えている。

　　　　もしあの女が長生きして
　　最後に昔どおりのまともな死に方をするようだったら、
　　女はみんな化け物に変わってしまうぜ。（『リア王の歴史』第一四場九七―九九行）

ここでもまた、支配者は一種の先例であり、この場合は、人であるとはどういう意味なのかということの先例となっている。

　場を締め括る召使いの言葉は、道徳的な考察から行動へと転じていく。うちの一人が、盲目となった伯爵を彼が行きたいと望むところならどこへでも連れていってくれる者を探してこようと言い、もう一人には、もっと差し迫った心配事がある。

　　　　俺は亜麻布と卵の白身を取ってこよう。
　　老人の血だらけの顔につけてやらないと。（『リア王の歴史』第一四場一〇三―四行）

『リア王』の荒涼としてむき出しの世界では、この単純な人間的反応ですら、それ自体危険を孕んでいる。コーンウォールとリーガンの冷酷さと恐怖の念を考えれば、裏切り者に対するどんな親切な素振りでも、反逆と見なされかねない。グロスターは、誰であれ他人を危険に引き込むのを避けようと、しきりに気を揉む。

　行くんだ。離れていろ。後生だから、離れていてくれ。
　お前の慰めなどわしには何の役にも立たないし、
　お前には災いの種になるかもしれんから。（四幕一場一五―一七行）

けれども、静かな答え――「道がわからないじゃないですか」（四幕一場一八行）――は、グロスターの窮状と彼を助ける人間としての義務を弁えている。

ここでは最も単純な要素――犠牲者の血だらけの顔にあてがわれる亜麻布と卵の白身――に還元されたこの根本的な倫理的責任は、いずれも同じように慎ましいものではあるが、ほかの団結と慰撫の瞬間にも、繰り返しこだましている。「来るんだ、小僧。どうした、小僧。寒いのか」（三幕二場六六行）。「さあ、手を出すんだ」（三幕四場四二行）。「おい、お前も小屋に入れ。さあ、暖《あった》まるんだ」（三幕四場一六二行）。これらのささやかな振舞いこそがこの劇の道徳的な見解の中核をなしている。その一方で、威張り散らす父親に阿《おもね》るのを拒むコーディリアを動機として突き動かすような、もっと大きな倫理上の野心は、破滅的な結果に繋がるのみである。

あらしの場面が最高潮に達したところで、気の狂ったリアは自然の暴威に晒される中で、彼がそれまで体現していたような関係とは違った権力との関係をほんの一瞬垣間見る。

　　　贅沢よ、これを薬にするんだ。
あわれな者たちが感じることを感じるために、身を晒せ。
そうして、余計のものを彼らの方に振り払って、
天がもっと公平であることを示すのだ。（三幕四場三四―三七行）

果たすべき義務についてのここでの展望――「余計のものを……振り払って」（つまり、底辺にいる悲惨な人々に幾ばくかの富がしたたり落ちるようにすること）――は、慎ましいものだが、劇の中には、この程度のことすらわずかでも達成できる可能性があると思わせるものは、何一つない。むしろ、リアは、裁判官と泥棒とのあいだには道徳上意味のある違いなど何もないという確信に傾いてゆく。彼はグロスターに語りかける。「あっちの裁判官が、そっちのあわれな泥棒に向かってわめき立てているさまを見ろ。さあ、自分の耳でよく聞くんだ。それから場所を変えて、さあ、どっちがどっち、どっちが裁判官で、どっちが泥棒か、わかるかい」（四幕六場一四七―四九行）。二人の違いを確実にしているも

のはただ、暴力を独占しているか否かということだけである。リアは尋ねる。「お前は農夫の犬が乞食に吠え立てるのを見たことがあるか。」男が犬から逃げ去るのを見れば、そこに「権力の見事な縮図が見て取れる。それなりの地位にあれば、犬でも従われるのだからな」（四幕五場一五〇―五三行）。権力の座にある者は、貧しい者の苦しみに対する同情を声高に宣言するかもしれないが、こういった宣言は単なる偽善でしかありえない。リアは辛辣な調子でグロスターに語りかける。

ガラス玉の目をつけろ。
そして、浅ましい政治家みたいに、見えもしない
ものが見えているような振りをするのだ。（四幕六場一六四―六六行）

劇の結末が放棄の合唱であるというのも、不思議ではない。コーンウォールも、リーガンも、ゴネリルも、エドマンドも、コーディリアも、みな亡くなっていて、リアは正気を失って壊れた残骸のような有様で、オールバニー公だけが王国の唯一の正当な支配者だが、彼は国を支配することなど望んでいない。

余としては、この歳を召された国王陛下が
ご存命のあいだは、余の絶対的な支配権を
陛下にお返しするつもりである。（五幕三場二九七―九九行）

そのすぐあとにリアは息を引き取るが、オールバニーはそれでも権利を放棄しようと努めている。彼はケントとエドガーに向かって話しかける。

我が心の友らよ。君たち二人で
この地を治めて、深手を負った国を支えていってくれ。（五幕三場三一八―一九行）

けれども、ケントも支配になど関わろうとはしない。

私は、これからすぐに旅に出ます。
主君が呼んでおりますので、私はいやとは言えません。（五幕三場三二〇―二一行）

劇の最後の数行は、テクストに関わる難問であることがよく知られている。四つ折り版はこの台詞をオールバニーに割り振り、二つ折り版はエドガーに割り振っているからである。

エリザベス朝とジェイムズ朝の悲劇や史劇の結びの台詞はその場を支配する人物によって語られるというのが慣例になっているので、どちらの台詞と取るかということが意味するものは大きいが、しかし、ここでは、まるで権力への欲望は全て悪という烙印を押されているかのように、生き残った人々の中で権力を望む者など一人もなく、シェイクスピアは明らかに自分の悲劇をどう終わらせるかということに確信を持てずにいる。

彼は劇を、権力から身を引いて、心地のよい嘘――自分がとてつもなく重要で価値があり、気前もいい人間だということについて、自分が子供たちに要求したように公の場で請け合ってもらうこと――で安心したいと望んだ王で、始めていた。劇が進むにつれて、こういった嘘は無残にはぎ取られてゆく。それはちょうど、尊大なリアに自分が立派な存在であるという感覚を与えていた従者たちが、つぎつぎに数を減らされてゆくのと同様である。しかし、荒廃のあとには、いったい何が残されるのだろうか。シェイクスピアの出した答えは、自分の偉大な悲劇を、躊躇《ためら》いがちにあくまでしぶしぶと支配の座に就く姿を描いて終わることであり、その上で、結びの言葉を、何らかの権威を帯びたものから、大きな圧力のもとにあって、自らの感情に正直であることの必要を説くものへと転じてゆくことにある。

この悲しい時の重みに私たちは従わなければならない。
語るべきことをではなく、私たちが感じることを話すのだ。

（五幕三場三二一―三二三行）

劇の冒頭にあった絶対なるもの――絶対的な権力であれ、あるいは、絶対的な愛であれ――への夢は永遠に破壊されてしまった。けれども、結末で提示される恐ろしい限界の感覚――時の重みと悲しみ、従うことの必要――は、同時に、奇妙な指示、シェイクスピアが私たちに贈った最も大切なものの一つである指示、私たちが感じることを話すようにという単純な指示をもたらしたのである。

第五章　シェイクスピアにとっての自律性

テオドール・アドルノにつきまとった鬼火ともいうべき「芸術の自律性」（aesthetic autonomy）という言葉は、珍しい表現を好んで用いたシェイクスピアでも、とても出会うことの出来なかった熟語だろう。(1)もし『オックスフォード英語辞典』の記述が信頼できるなら、"aesthetic"という言葉は、美的鑑賞に関する科学ないしは哲学の用語としては、一八世紀半ばに出版されたバウムガルテン〔1〕の『美学』（*Aesthetica*）で用いられたのが最初だったが、英語には一九世紀まで現れることはなく、その時ですら、そこには多くの保留をつけられていた。一八四二年、イギリスの建築家ジョーゼフ・グイルトは、「最近、さまざまな芸術のあいだで、美学（Aesthetics）とかいう名の愚かしく衒学《げんがく》的な用語が使われるようになってきている」と書いた。グイルトは、さらに続けて、これは「ドイツ人の著者があふれている学芸の術語に、新たにつけ加えられた抽象的で無用な言葉の一つである」とも書いている。[2]

しかし、シェイクスピアも「自律性」（autonomy）という言葉には気づいていたかもしれない。『オックスフォード英語辞典』に記録されている、印刷されたかたちで最初に登場する例は、シェイクスピアが亡くなってから七年後のものだが、実際には、この言葉は、一五九一年に出版されて、知識人のあいだで一定程度読まれていたはずの作品の中に現れている。[3] “Autonomy”という言葉の定義を初めて記載した本は、一六二三年に刊行されたヘンリー・コッカラムの『英語の辞書、あるいは、難しい英語の言葉の解釈』で、ここにこの単語が入っているということが、この言葉が、「難しい」言葉という限定された範囲だけではあるが、当時すでに用いられていたことを示唆している。この言葉は、コッカラムが言うように、「自身の決まりに従って生きる自由（liberty）」を意味していた。[4]

この定義は明らかに、今日聞こえるよりも逆説的であるように意図されていた。なぜなら、一七世紀初頭には、“liberty”という言葉には向こう見ずな気ままさや放縦という独特の意味があったからである。ホットスパーはハル王子の悪評の多い居酒屋通いについて、「どんな王子についても、／これほど無茶な放縦（liberty）は聞いたことがない」（『ヘンリー四世・第一部』五幕二場七〇―七一行）と評し、アテネのタイモンは、恩知らずの市を呪って、こう祈る。

色欲と放縦が
市の若者の心と髄に忍び入って、
彼らが美徳の流れに抗い、深みにはまって、
酒池肉林に溺れますよう。（四幕一場二五―二八行）

そういう次第で、ジェイムズ朝の読者にとって、「自身の決まりに従って生きる自由」という言葉は、一種の冗談のようなものだった。決まり（law）と自由（liberty）というのは、つねに対立しあっていたからである。

「自由万歳！」（Viva la libertà!）とドン・ジョヴァンニは歌って、対立しあう一方の側に向かって情熱的な賛美を表明する。このような自由から放縦（libertinism）――啓蒙主義の頃に科学的な合理性の裏面として、そして、真理と美、美と善の分離の最も明白な結果として、台頭した性の自由主義――に至る道筋を辿ることは興味深いことである。この性の自由主義からアドルノの『美の理論』の冒頭に置かれた自律性についてのアイロニカル

な見解――芸術の絶対的自由の誇り高い主張として始まった自律性が、芸術が自らの起源を絶え間なく強迫的に否定してゆくという自縛と、芸術の安っぽい娯楽への堕落とに終わったという見方――に至るにはほんの一跨ぎだろう。

シェイクスピアは、実質的に、新しく際立って近代的な表現媒体――いかなる儀式的な機能からもはっきりわかるかたちで隔たった商業的な民衆劇場――のために作品を書いた。ロンドンの劇場が物理的な構造物として都市の環境に新しかった――ロンドンで最初の独立した劇場は一五七六年に建てられた――というだけでなく、その中で上演した劇団は、中世の演劇的な儀式が、非合法化されたカトリック教会の祭礼とあまりに密接に繋がっていたために、プロテスタントによって意図的に息の根を止められたことから、繁栄のきっかけを得たのである。

演劇は、事業としてはリスクも大きく下賤で不安定で俗世にまみれており、それに関わった者は誰でも、シェイクスピアが完璧に理解していたように、社会的にも道徳的にも穢《けが》れてしまう。彼はソネット一一〇番でこう書いている。

ああ、そうなのだ。私はあちこち行って、

　自らを道化のように人目にさらしてきた。
　自分の思いをずたずたに切り裂き、一番大切なものを安く売り捌いてきた。

これは、娯楽産業で働いてきて、それに投げかけられる軽蔑の念を知った人間の声である。「自らを道化のように人目にさらし」すというのは、人の笑い種《ぐさ》となり、呼び売りの行商人のように、安く無意味な娯楽のための使い捨ての存在になることである。
　何らかの自尊心を持った人間なら、こんな生き方を積極的に選ぶことはしないだろう。それは、売春と同様に、諸般の事情のために、具体的に言うと貧しさのために、降りかかった運命である。シェイクスピアはソネット一一一番でこう訴える。

　どうか私に代わって、運勢の女神を叱ってほしい。
　下賤な態度や振舞いに繋がる下賤な生業《なりわい》よりも
　よい境遇を私の人生に提供することもなく、
　私のつらい行いの責めを負うべきあの女神を。

芸人として人前に——選ばれた少数者の前にではなく、無作為に寄り集まった無名の消費者たち、戸口でびた銭を払った以上は、こちらに向かって口笛を吹き鳴らしたりあざ笑ったり怒鳴ったりする権利を持つ連中の前に――立つことは、身を穢されることである。

そのために、私の名前には焼き印（brand）が押され、
同様に、私の気性も、染め物職人の手のように、
どっぷり漬かっている境遇にほとんど染まってしまった。

「シェイクスピア」という名前は、劇作家の生きているうちに、今日ならブランド・ネームとでも呼ばれるものになっていた――広告に載せれば人々が進んで金を出そうとし、彼が書いたはずのない芝居に偽ってこの名を冠すれば、それで十分売り物になった――が、しかし、この成功は、彼にとっては、自分の名前に焼き印を押されるようなものだった――少なくとも彼はそう書いている。イメージとしては、有罪が確定した犯罪者が、ふつうは手の甲に、焼き印を押され、そのあと一生消えることのない汚名の徴を負うことになるようなものである。

この徴は十分現実味のあるものだった。なぜなら、一六〇二年ヨーク紋章官ラルフ・ブルックは正式な訴状を提出して、「役者シェイクスピア」に紋章を――ということは、紳

士の身分を――認めることに異議を唱えている。役者というのは、定義からして、紳士ではない。役者というのは自分の存在を売り物にしたような人間である。そして、実際、彼の死の七年後に、シェイクスピアの劇の二つ折り版が出版されたときですら、編集者たちは彼の業績を売り物として――確かにたいへん高価な売り物ではあるが――提示しつづけた。モンゴメリー伯とペンブルック伯への追従《ついしょう》めいた献呈の書簡と並んで、シェイクスピアの友人で編集を担当したジョン・ヘミングスとヘンリー・コンデルは、「多様な読者の皆様」への手紙も加えた。この多様な読者には、彼ら自身の言い方では「最も有能な方から、かろうじて字が綴れる方まで」、含まれていた。ヘミングスとコンデルは自分たちがこの不定形の集団に対してまず第一に何を望んでいるのかはっきりと示した。それは要するに、「何をしようと勝手だから、とにかく買ってくれ」というものだった。まず売買を完了させることである。そのあとでなら――そのあとでのみ――購入者は作者を自由に判断する立場に自らを据えることが出来る。但し、その場合でも、自分が前にしている劇はすでに民衆劇場での審判を受けており、それを無事通ってきているということを念頭に置いておかなければならない。編者たちは書いている。「だから、彼を読みなさい、もう一度、さらにもう一度、読むのです。そして、それでもシェイクスピアのことが好きにならないようなら、あなたは明らかに、シェイクスピアを理解できないという危険に瀕しているのです。[5]」

ヘミングスとコンデルが考えたような意味で、シェイクスピアを理解し好きになることは、道徳的な高邁さとも、想像できるどんな学校のカリキュラムとも、社会学者のピエール・ブルデューが「文化資本」[2]と呼ぶものとも、一切関わりがない。一七世紀初頭、当時の劇作家がふだん使っている英語で書いた芝居などに、このような資本はなかった。一六一二年にトマス・ボドレイはオックスフォードで自分が創建した図書館の初代館長に図書館の書棚から「暦や芝居、そのほか日々印刷される内容的にほとんど価値のない無数の出版物」を排除するように、指示した。そういう出版物を彼は「一かご幾らの本」と呼んでいる。[6]そんなふうに考えたのは明らかにボドレイだけではなかった。推定では「第一・二つ折り版」は七五〇冊印刷されて一〇年も経たないうちにすべて売り切れたが、徹底した調査がされたにもかかわらず、当時、何らかの図書館の蔵書目録や遺産贈与の際の資産目録の中でこの本に言及した例は、わずか一件しか確認されていない。

そういう次第で、シェイクスピアのテクストが文芸の市場に持ち込まれたのは、義務や責任、自己研鑽や学問的な威信、真摯な芸術上の探究といった旗印の下にではなく、娯楽という看板の下でだった。

シェイクスピア自身は明らかに、社会的に尊敬を買うようなかたちでの芸術的な野心、下賤な生業であるとか下賤な振舞いといった汚名を着ることのない芸術形態にいくぶん気持ちが傾いていた。一五九〇年代半ば、鼠蹊《そけい》腺ペストが長期にわたって猛威を奮ったために当局によってすべての劇場が閉鎖され、困難を極めたに違いない時期に、彼は、芸術家が体面を穢すことなく経済的な支援を受けることが出来る、伝統的で馴染みのある方法、パトロンによる庇護に関心を向けた。彼は神話に取材したすぐれた二篇の詩『ヴィーナスとアドーニス』と『ルークリース陵辱』をものにし、これらはともに、友人のネイサン・フィールドによって美しく印刷されて、二篇とも第三代サウサンプトン伯ヘンリー・ライアスリーに恭しく献呈された。

シェイクスピアの戦略は功を奏したのかもしれない。彼の詩はオックスフォードとケンブリッジのエリートたちのあいだでたいへんな人気を博し、彼は若い伯爵から莫大な額の金を贈られたと噂された。しかし、ペストによる死者の数が下がって、劇場が再開を認められるとすぐに、明らかにシェイクスピアは評判の悪い元の職業に戻っていった。実際、彼は、伯爵から贈られた金を――それがどの程度の額だったのかはともかく――劇団の株を買うのに使ったかもしれず、文字通り己れの全てを娯楽産業に——貴族の権門やましてや教会の神聖な境内などにではなく、誰にでも開かれた卑俗な場を基盤とする産業に——投資したのである。

このように大衆に身を晒すことは、伝統的に貴族階級の特権——あるいは少なくとも、その夢想の的——だった、俗世に触れない暮らしの対極にあるものだということは、シェイクスピアも理解していた。けれども、彼は、役者と中央集権化された国家の新しい支配者たちとのあいだに独特の繋がりが起こりつつあることを見て取った。これらの支配者たちは、個人的な楽しみや威信のために劇団のパトロンや擁護者となっていたが、彼ら自身が演劇的な自己顕示の行為に惹かれて（あるいは駆られて）いた。『ジュリアス・シーザー』の中で、貴族的なキャスカは、シーザーが野心のために群衆の前で見え透いた芝居を演じたことに対する嫌悪の念を口にする。

シーザーが冠を受け取るのを断ると、野次馬たちは歓声を上げて、あかぎれのする手をたたき、汗にまみれた帽子を投げ上げ、やたらに臭い息を吐いたものだから、シーザーはほとんど息が詰まってしまった。途端に気絶して倒れたのだからな。

（一幕二場二四三―四六行）

この喜劇的な破局を引き起こした歓声と拍手と喝采こそ、シェイクスピアと仲間の役者たちが喚起することを仕事とするものだった。政治家（この時期にはきわめて否定的な意味合いを帯びていた言葉だが）も同じことをしたかもしれないが、真の貴族ならこんなふうに大衆に身を晒すことを潔《いさぎよ》しとはしないだろう。クレオパトラがローマの「叫びを上げる下衆な連中」の前に自分が引き出される様《さま》を思い描くとき、彼女のうちにこみ上げる嫌悪感はあまりに強烈なので、彼女は、囚われの身になれば自分に待っているとわかっているものを受け入れるよりは、むしろ、死を選ぶ。

こしゃくな刑吏が
私たちを町の売女みたいに捕らえて、吟遊詩人は
私たちのことを調子っぱずれの戯《ざ》れ歌にするのだわ。新しいもの好きの
喜劇役者は即興で私たちを演じて、アレキサンドリアでの
私たちの宴を舞台に乗せるのね。アントニーは

酔っ払った姿で登場させられ、私は、キーキー声の
小僧がクレオパトラの偉大さを娼婦のような物腰で
猿まねするのを見ることになるのだわ。
（『アントニーとクレオパトラ』五幕二場五五、二一〇―一七行）

ここでクレオパトラは自分が惨めな虜囚として人目に晒されからかわれている様を思い描いている。しかし、ほかのところでは、自分が人目を惹いて、公《おおやけ》の存在として自身を演ずることをけっして嫌がっていない。もっとも、それは、彼女が自分の地位や権力、そして自分に流れる王の血筋を顕示するために演ずることが出来る場合である。オクテイヴィアス・シーザーは、アレクサンドリアでアントニーも交えて行われた芝居がかった出来事の次第について彼の許に届いた報告の内容を、嫌悪の念を込めて友人たちに話して聞かせる。

市《いち》の開かれる広場で、銀箔を張り巡らせた台座の上で、
クレオパトラと本人が、王座に見立てた金の椅子に
公然と鎮座していたのだそうだ。足下には、奴らが

俺の親父の息子と称するシザリオンと、その後で
二人が色欲にまかせてつぎつぎ作った
法に背いた子供らが全員座っていたという。女に
奴はエジプト統治の権利を譲り、その上に、
彼女《あれ》をシリア南部とキプロスとリディアの
全権を握る女王に据えたのだ。（三幕六場三―一一行）

とても信じられないと言わんばかりの「これをすべて公衆の面前でしたというのですか」というメシーナスの問いに、シーザーは答えて、出来事全体の文字通りの演劇性を強調する。「練兵の際にいつも使っている、人目のある露台でだ」（三幕六場一一―一二行）。

クレオパトラは、この「人目のある露台」を、自分の途方もない演技――自らの神格化――を遂行するために衣裳を整えて立つ舞台に選ぶ。

女の方は、
女神イシスの出で立ちで、

その日露台に立った。（三幕六場一六―一八行）

この仮装芝居は、シェイクスピアの観客は理解していただろうが、常軌を逸した虚栄心の発露というわけではない（あるいは、だけではない）。自分を神と同一化するというのは、自ら全権を握る「絶対的な女王」と主張することが意味するものの一部だった。イングランドの君主はふだん（仮面劇として知られる王宮での演劇的な儀式を除いては）神々の格好をすることなどなかった。しかし、エリザベスとジェイムズはともに、神聖な権限――自身の決まりに従って生きるという、神の絶対的な自由――という衣裳をまとっていた。

自律性の概念が、この時期、単なる逆説以上のものとして明確に浮かび上がってきたというのは、自分には国の法の下《もと》でというだけでなく法を超えて支配する権利があるのだと、ジェイムズ一世があからさまに強く主張したことと、おそらく繋がっているだろう。ジェイムズは『自由な君主制の真の法』の中で、王は「法の著者であり制定者であって、法が王を作るのではない」と書いた。権力は民衆に由来するものではなく、本物の王の支配はいかなる条件も受けつけない。「権力は彼自身から流れいずるものである」、なぜなら「王は権力を超越している」(7)からだと、ジェイムズは宣言した。もちろん、すぐれた王はふだんは法に沿って自らの行動を律して、臣民に模範を垂れるだろうということは、ジェイムズも認めているが、しかし、王は何に対しても従属しているわけではないのだから、そのように行動するよう義務づけられているということはない、としたのである。

王の立場に対して何の反論もなかったというわけでは決してない。シェイクスピアの英国史劇のお気に入りの粉本から引くと、ホリンシェッドの『年代記』は、議会こそが「国の最高で絶対の権利を持っている、なぜなら、その権利によって王や強大な君主が時には廃位させられてきたからである」[8]とはっきりと述べていた。けれども、王の自律性を説くジェイムズの主張は、彼の先代の君主エリザベス一世の時代に、王室の法律家たちによってすでになされていた。彼らは、自分たちの議論の根拠を、中世を超えて古代のローマ法典にまで遡って、その頃から連綿と受け継がれてきた、君主の権利に関する法的、哲学的理論に求めた。一三世紀に神聖ローマ帝国皇帝フリードリヒ二世の『皇帝の書』[4]は、皇帝は「正義の父にして息子（pater et filius Iustitiae）でなければならない」と主張し、王の地位についてのこの見解は、明らかに、ローマの市民（quirites）が君主（princeps）に統治権（imperium）を付与する際に拠り所にした法（lex regia〔王に関する法〕）と繋がっている。[9]この統治権は、法を制定する限定的な権利と法を免責される特権とをともに含んでおり、この免責特権は、絶対的な王権を標榜するいずれの君主にとっても、明らかに魅力を感じさせるものだった。

こういった魅力はシェイクスピアの作品にも――とはいえ、そういったものを人が最も期待しそうにない喜劇の中に――垣間見ることが出来よう[10]。そこでは、劇の冒頭、支配者は、自分の意志や意向に反することを行うよう法によって迫られるという状況に繰り返し置かれることになる。例えば、『間違いの喜劇』の中で、ソライナス公は明らかに「厳粛な議会で定められたこと」をシラクサの商人イージオンに対して課すことを余儀なくされている。

もしシラクサの生まれの者が誰であれ
エフェソスの入り江に来れば、刑を免除し
身柄を解放するために一千マルクが
納められない限り、その者は死罪となって、
資産は公爵の方で処分されるべく没収されることになっている。

（一幕一場一三、一八―二二行）

不運な商人がなぜエフェソスにまでわざわざやってきたのか——行方不明の自分の息子を捜すため——という理由を知って、ソライナスは厳しい法令を実行したくないと願うが、しかし、彼には選択する権限はない。

信じてほしい、そうすることが、我が国の法——
それは、君主といえども、望んでも、反古《ほご》にすることは出来ぬのだが——、
その法と、私の王冠、王としての誓い、王としての威信に反するのでなければ、
私の魂はお前の弁護を買って出ているのだが。(一幕一場一四二—四五行)

「私の王冠、王としての誓い、王としての威信」——ここでの言葉は明らかに君主の言葉である。王冠は至上の王権を象徴するものであり、誓いは戴冠を、威信は王の血筋の連続性と永続性を象徴している。親切な一個人として、ソライナスは死刑を言い渡された不運な男に同情するが、君主としては、執行を止めるために出来ることなど何もない。「余はお前を憐れむことは出来ても、赦すことは出来ないのだ」(一幕一場九七行)。
だが、いうまでもなく、『間違いの喜劇』の結末で、商人は死刑を執行されることはない。彼は探していた行方不明の息子だけでなく、ずっと昔に生き別れて、ともに死んだも

のと思っていた、自分の妻と、息子の双子の兄とも、再会を果たす。その双子の兄は裕福な男で、劇の冒頭で公爵がはっきりと表明していた法に従って、自分の父親の身柄を引き渡してもらうために、金貨の詰まった財布を手にして進み出る。

この身柄の引き渡しは、喜劇のクライマックスとしては完璧な仕掛けになっていただろう。観客は財布の行方を――双子の金持ちの方が、借金のために捕らえられて、「トルコ織りのタペストリーで覆った／机」（四幕一場一〇三―四行）から財布を取ってくるように召使いに鍵を渡して送り出して以来、財布が双子のもう一方の側に渡されたところを経て、それが正しい所有者に返される瞬間に至るまで――ずっと追うように巧みに仕向けられていたからである。けれども、自分がまさしくいともたやすく出来たはずのものを見せたあとで、シェイクスピアはそれをしないことにする。そういう展開に代わって、実際には、死罪を言い渡された虜囚を身請けするために法に則った身代金を差し出されると、公爵はこれを受け取ることを断固として拒む。

エフェソスのアンティフォラス　このダカット金貨は父の身柄を受けるために納めさせていただきます。

公爵　その必要はない。お前の父親の命は保証しよう。（五幕一場三九一―九二行）

法の話はそれで終わりである。

シェイクスピアは、『夏の夜の夢』でも、本質的に同じ枠組みを用いている。そこでは、イージーアスが、娘のハーミアのために自分が選んだ男と結婚するのを彼女が拒んだことに腹を立てて、正式の訴状を携えて、シーシアス公の前にやってくる。

アテネで古くから認められてきた権利を行使させていただくようお願いいたします。
彼女《これ》は私のものなのですから、どうするかも私次第です。
この紳士に嫁ぐか、それとも、それに応じない場合には
はっきりと定められているように、
法に従って、死を選ぶかです。（一幕一場四一―四五行）

ハーミアが法の細目を明らかにしてくれるように――「この場合、私に降りかかる／かもしれない最悪の事態を知ることが出来ますよう」（一幕一場六二―六三行）――求めると、彼女は自分が処刑されるかそれとも一生尼僧院ですごすかの選択に直面していると告げら

れる。シーシアスは彼女に考え直すように促す。

よく考えて、自分の思いを
父上の意向に合わせるように努めることだ。
さもないと、アテネの法ではお前は死を選ぶか、
それとも一生独り身を貫くことを誓うか、いずれかしかなく、
それは、余の力をもってしても、決して緩和できるものではないからな。

（一幕一場一一七―二一行）

一連の狂おしい出来事――月明かりの森への逃避行、妖精との遭遇、混乱に混乱を重ねるもつれ合い――は、シーシアスがアテネの苛酷な法を「緩和」できないことからそのまま生じている。けれども、ここでもまた、筋立ては最後には鶴の一声で解決を迎える。「もう十分です、殿様、もう十分ご覧になったでしょう。／どうか法の執行を」と、強情な娘が駆け落ちした相手の男の腕に抱かれているのを見て、いらだった父親は口角沫《あわ》を飛ばして叫ぶ。けれども、シーシアス公はこの要求をわずか一行で脇に押しやってしまう。「イージーアス、お前の望みは抑えてもらうしかない」（四幕一場一五一―五二、一七六行）。

シェイクスピアが舞台で表現しているように見えるのは、『間違いの喜劇』の結末では、単に血の繋がりの勝利ということだけではなく、また、『夏の夜の夢』の結末では、単に愛の勝利ということだけではなく、法に対する君主の勝利でもある。けれども、この君主の勝利は、原理原則に基づくものではない。王の冠と誓いと威信は法に依拠していると先に言われていたのに、誰一人として、その王の冠と誓いと威信が法の制約から解き放たれたことを高らかに宣布する者はいないのである。それどころか、どちらの劇の支配者とも、自分たちにはそれを変える力はないと先に宣言していた明白で厳格な規則のことをただ単に忘れているように見える。これらの結末における束縛や強制からの喜劇的な解放が支配者の自律性に依拠しているとすれば、それは明らかに自らの名を明かすことの出来ない自律性である。あるいはむしろ、それは、さしたる根拠もなく恐怖を喜びに変容させる喜劇に特有な口調を通してのみ声を発することが出来る自律性である。

シェイクスピアの描く王たちのほとんどは、少なくとも見せかけだけは、法と慣習に縛られているふうを装っている。ひそかに裏から手を回すリチャード三世だが、見た目には「市民たち」が王冠を受け取るように彼に訴えるように見える手の込んだ仮装芝居を演出する。それを受けて、万事心得た相棒のケイツビーが「民衆を喜ばせてやってください。

彼らの法に適った訴えを認めてやってください」(三幕七場一九三行)と懇願するのである。クローディアスが「選挙と俺の希望とのあいだに割り込んできたのだ」(五幕二場六六行)と、ハムレットは苦々しげに不平を漏らすが、だからといって、選挙が殺人犯を王座に就かせたというわけではない。そして、血に染まったマクベスですら、実際には無残なかたちで奪い取った支配権を、まるで彼こそが最も法を遵守する人間であるかのように、正規の形式に則って授けられている。

シェイクスピアの中には、例えばリチャード二世やリアのように、公《おおやけ》の場で自分が法を超越しているかのように振る舞おうとする支配者もいるが、彼らは、まさしくこの理由のために、即刻、エルンスト・カントローヴィッチが「王の二つの身体の悲劇」(11)と呼んだことで知られる災いに巻き込まれてしまう。この悲劇の神学的、政治的な意味合いについては、カントローヴィッチと彼の偉大な業績を受け継いだ人々がさまざまに探究しているが、そういった意味合いは、芸術の自律性ということがシェイクスピアにとって何らかの意味があったのかという問いに、直接繫がるものではない。この問いに答えるためには、私たちは、まず第一に、シェイクスピアが、彼の悲劇的な王たちの破局を招くような振舞いは別にして、自律性ということを一つの概念としてそもそも思い描くことが出来たのか、そして次に、彼がこの概念を芸術作品やそれを創り上げる芸術家に適用するということなど出来たのか、知る必要がある。

シェイクスピアが、私たちが議論してきた二つの喜劇の中で、自律性がめでたく確認される様子を舞台に表現したとすれば、その確認のめでたさは、法の束縛を正式に否定することに拠っているというよりもむしろ、単純に法の束縛を忘れたことに拠っているように思われる。何らかの特別な権利が提唱されるわけでもなく、支配権についての何らかの概念が打ち出されるわけでもない。実際の社会の営みにおいても、シェイクスピアが理解していたように、話されないことの方が話されることより雄弁かもしれず、そして、集合的な欲望の一見即興的な表現のように、自然に発露してくる物事の秩序の方が、労力を掛けて広められ理論的に擁護された公式の規則よりも強力なものかもしれない。

けれども、自律性という言葉自体はシェイクスピアにとって最後まで馴染みのないものだったにせよ、概念としての自律性が彼の関心を引いていたという証拠がある。彼は自分の劇の中で、人が自身の決まりに従って自由に生きることが出来るかもしれない少なくとも三つの異なった方途について、繰り返し思いを巡らした。一つにはまず、いずれは朽ち果ててゆく肉体の脆さを免れるか、あるいは少なくとも、この脆さが本能的に引き起こす恐怖の念を免れるという肉体的自律性の夢がある。二つ目には、社会的自律性——注意深く秩序立てられた世界に個人を結びつける友人や家族や仲間からなる稠密なネットワークからひとり離れること——の夢も繰り返し湧き上がってくる。そして三つ目には、精神的自律性——独自の心的世界、自分で作り上げた異界に住まう能力——の夢もある。

この三つの夢は、少なくとも一度、ローマを救った軍人でのちに追放されてローマの敵ヴォルスキ族の指揮官となったコリオレイナスについてのシェイクスピアの描写の中で、一つに融け合わさっている。コリオレイナスは、何か文字どおりの意味で敵の刃《やいば》をはねつけるほど肉体的に強健ということはない。それどころか、彼の肉体には戦闘に明け暮れた日々の傷痕が数多く残っている（劇が半分も進むよりだいぶ前に母親が数えたところでは、二七ヵ所とされている）。けれども、彼は、ほかの人なら誰でもその肌を鋭い鋼《はがね》で繰り返し切り裂かれたら蒙るはずの、恐怖や苦痛、苦しみ、なかなか癒えることのない感染症などから、一人だけ免れているかのようである。彼は自分の「痛むわけではない傷痕」（二幕二場一四五行）のことをこともなげに語り、ほかの人々からは、完全には人間ではない存在であるかのように、実際、完全には生き物ですらないかのように、言われている。

帆を張った
船の前の海草のように、進んでゆく彼の舳先《へさき》の下で、敵の者らが
膝を折って倒れていきました。あの男の剣は、死に神の刻印さながら、
狙った相手は必ず殺していきます。顔面から足の先まで
全身血染めという姿で、それが動く度《たび》に、
断末魔の叫びが拍子となって響くのです。危険きわまりない市の城門に
単身入っていくと、逃げ惑う敵への必殺の痛撃で
一身に返り血を浴びながら、誰の助けもなしにそこを通り抜け、
取り急ぎ現れた援軍とともに、悪疫を降らせる星のように、
コリオリの者たちに襲いかかったのです。（二幕二場一〇一―一一〇行）

ほかの人々の命を支配する法則が、コリオレイナスを支配することはない。彼は自分の意志でそういう法則の外に出てしまったかのように見える。それはちょうど、彼が、高慢きわまりない貴族から最も下賤な職人に至るまでポリスのほかのすべての人を律している社会的な規範から、自分の意志で出ていくのと同様である。古代世界の政体がシェイクスピ

アを魅了したのは、まさしくそれが彼に、すべての権力の源泉を国王とする（あるいは少なくとも、するとされる）君主制の枠の外で、考えることを可能にしたからである。ローマには国王はいず、コリオレイナスの国外追放を招いたのは、民衆が主催する権力の儀式に――具体的には、身を低くして人々に投票してくれるように頼んで、そうすることで、自分が民衆に依存していると認めることに――参加するのを、彼が高慢にも拒んだことである。

かつてコリオレイナスと彼の同胞の人々を結んでいた絆のうちで残されているものは何もないように見える。ヴォルスキの将軍オーフィディアスは彼にこう話しかける。

君は……ローマの人々の一致した
訴えに耳を塞いでしまったのだ。（五幕三場五―六行）

オーフィディアスにしてみれば、自分のかつての敵がいったい本当にヴォルスキ族の利害に忠誠心を抱いているのか疑って当然であるが、その彼も、コリオレイナスがかつて彼が所属していた共同体の集団としての要求――「人々の一致した訴え」――に耳を塞いだことは認める。その共同体は彼に「民衆と祖国の敵」という烙印を押したのであり、コリオレイナスの側も自分が受けた追放処分を自らの独立宣言に変容させたのである。「私がお前たちを追放するのだ」（三幕三場一二二、一二七行）。彼は市の法規はもはや自分には適用されないと宣布した。これは、シェイクスピアの考えでは、自律に向けた必要な第一歩である。コリオレイナスは、市を去るに際して、母親に言う。

僕は、住んでいた沼地のせいで、
直接見られるよりも、恐れられ語られるようになった
孤独な竜のように、一人でここから出て行きます。（四幕一場三〇―三二行）

シェイクスピアは紛《まが》いの結末――ここでもそうだが、劇のアクションが結論に達するように見えて、不意にまた前に動き出す瞬間――をたびたび利用した。ほとんど止めようのない戦闘用の機械としてコリオレイナスが市にとってそれまでいかに重要であったにせよ、ローマは彼のことが耐えられず、これを追い出してしまった。彼は市の城門を抜けて、自身の想像としては神話的な空間に踏み出していって、もはや人間のかたちには合致しないアイデンティティを身につける。人間社会への彼の関与は終わったのである。

この決裂は悲劇にとって想定できる終わり方だが、しかし、いうまでもなく、それはシ

ェイクスピアが選んだ終わり方ではなかった。なぜなら、根源的な独立という――つまり、自律性という――展望はまさしく、絶えず否定されながら絶えることのない関係に依拠しているからである。もし関係が単純に、完全かつ最終的に断たれてしまえば、もしコリオレイナスがそれきり姿を見かけられなくなり彼からの便りが届くこともなくなれば、彼の運命は「自身の決まりに従って生きる自由」の例となるというよりも、ただ消えることとなっていただろう。

だからこそ、追放された英雄が、市の城門に、今度はその守護者としてではなく、その不倶戴天の敵、殺意を秘めた否定の具現として再び現れることが、演劇的にも理論的にも必要なのである。だからこそ、また、ローマの人々の一致した訴えに、彼は耳を塞ぐのである。しかし、耳を塞ぐだけでは、どれだけ音量が抑えられたとしても、まだ聞こえてくる。求められるのは、聴くまいとする意志である。それゆえにこそ、コリオレイナスが実際には自分の五感に届いているものが――怯《おび》える市の嘆きだけでなく、市からささやきかける訴えも――聞こえているということを表情に見せようとしないことに対して、オーフィディアスが称賛の意を表明するとき、彼のその言葉が理に適っているように感じられるのである。声高な訴えよりも、か細くささやくような口調でごく内密の要求をする声の方

が、通さずにおくのが難しいということを、オーフィディアスは理解している。ヴォルスキ族の人々は、コリオレイナスが、

私的なささやきを、
あなたと心が最もよく通じていると自分では
思っているような友人にすら、許そうとしなかった（五幕三場六―八行）

と認める。「あなたの市の城門が私の軍勢を通すまいと防備を固めている以上に、／私の耳はあなたの訴えを通すまいと防備を固めているのです」（五幕二場八四―八五行）と、コリオレイナスは、そういう友人の一人で彼がかつて父とも呼んだ老人メニーニアス・アグリッパが涙ながらに訴えるのに対して、冷然と告げる。

シェイクスピアから見て、コリオレイナスが達したいと望むありよう（今日なら自律性と呼ばれるようなありよう）は、彼がポリスの決まりごとから自由になることで初めて可能になる。けれども、私的なささやき――誰であれ人の生涯を形づくる際に世界が利用する無数の秘密の径路――を塞ぐことはそれ以上に困難な課題である。すぐあとに、新たな一団が訴えをするべく到着するが、その中には、コリオレイナスの妻ヴァージリアと息子

マーシアス、そして、とりわけ、彼の恐るべき母ヴォラムニアが含まれている。それでもまだ、彼は動かされることはない。妻と息子と母親という親しい存在による要求は、一種の依存の形態であり、それゆえ、他律性の一形態であり、それをコリオレイナスは断固として退ける。そして、こういった要求を退けることを通して、彼は、自身にとって（そして、おそらくは、彼を作り出したシェイクスピアにとって）物事の核心であるものを明確化する。

私は決して
本能に従うような青二才にはならないぞ。そうではなくて、
己れが己れの作者であるかのような、そして、ほかには
身内など一人もいないかのような、そんな存在となるのだ。（五幕三場三四―三七行）

「己れが己れの作者であるかのような」――自分を自分で作るということは、コリオレイナスにとって、自身のアイデンティティを定義する最も重要な一面であり、自分がほかとは替えようのない存在なのだという自尊心の中核をなすものである。彼は、人々が必死で自分に向けてくる社会的、経済的、政治的な訴えに屈することを拒むのと同様に、生物

学的、心理的繫がりを認めることを拒否する。自然との関係を断ち切って、血縁の紐帯《ちゅうたい》もいっさい断つことによってのみ、彼は絶対的に自律した存在となるだろう。

それから、突然、母親が彼の前に跪《ひざまず》くと、コリオレイナスは一気に崩れる。

ああ、お母さん、お母さん。

何をなさっているんです。（五幕三場一八三—八四行）

まるでダムの決壊のような崩壊の突然さは、「己れが己れの作者であるかのような」という言い回しのうちのいったいどれほどの重さが「かのような」という言葉によって支えられていたかを示唆している。その昔、不死鳥という生き物がいて、これは、ラクタンティウス[5]が書いているように、「己れの息子にして、己れの父であり、己れの跡継ぎでもある」[12]が、コリオレイナスは、自分が不死鳥などではなくて、ただの青二才にすぎないことを露呈する。

自律性は、彼が自分の尊厳と自由を満たしてくれる夢として大切にしてきたものである。けれども、それは、彼の誕生に際して結ばれた心的な絆にも、彼にその尊称[6]を与えた共同体によって結ばれた社会的絆にも適合していない。それをいうなら、それは崩壊の直前の彼自身の人となりにも適合していない。なぜなら、その瞬間、彼は完全に独立してなどいないからである。確かに、彼はもはや自分の生まれた共同体に仕えているわけでも、それゆえにまた、その共同体を代表しているわけでもないが、しかし、彼は別の共同体を代表している。彼は先にメニーニアスに語っていた。「私の務めは／ほかの民に仕えることになっているのです」（五幕二場七八—七九行）。こうして、コリオレイナスは、母親の勝ち誇った主張は自身の死を意味するだろうということをきわめて明晰に理解している。

いいですか、お母さん、あなたの息子から見て、
あなたはたいへん危険なかたちで、ほとんど死に繫がるようなかたちで
その息子を説得されたのです——

そして、彼はまた、自分にはその運命を逸らすことなど出来ないことも理解している——「でも、来るなら来るに任せましょう」（五幕三場一八八—九〇行）。

そのすぐあとに、彼の運命が実際に訪れるとき、その運命は、彼が自分で高く評価している堅固で非情な男らしさに自身が達するよりずっと以前に彼を形づくった関係を表す言葉に包まれている。以前から彼の殺害を謀っていたオーフィディアスは、小馬鹿にしたよ

うに彼のことを「小僧」――「この泣き虫の小僧」（五幕六場一〇三行）――と呼び、その言葉は、コリオレイナスの中に小児的な怒りを引き起こし、ヴォルスキ族の人々に、彼が何年にもわたって彼らにもたらしてきたすべての傷害や悲惨を思い出させるように彼を駆り立てる。彼を取り巻いていた群衆は突然怒りを爆発させる。

奴をずたずたに引き裂いてしまえ。今すぐやるんだ。
奴は俺の息子を殺した。俺の娘を、俺のいとこのマーカスを殺したのだ。奴は俺の親父を殺した。（五幕六場一二一―一二三行）

コリオレイナスの耳に届く最後の言葉は、自分は自分の決まりに従って生きることが出来ると想像する人間に対する社会の側の最終的な反応である。「殺せ、殺せ、殺せ、殺せ、奴を殺せ」（五幕六場一三〇行）。

『コリオレイナス』は、シェイクスピアは自律性という考えに魅了されてはいたが、彼が、最も意志の堅固な人間にとっても、自分が自分の作者であるかのように生きることが本当に可能なのか疑っていたということを示唆している。厳密な意味での自律性は、感情を具えた者には、誰であれ、達し得る状態ではない。戦士たちは自分たちが特別に自由であると自ら思い込み、同様に、王たちは家来の者らから追従《ついしょう》されて自分は絶対的な存在であると信じてしまうかもしれないが、現実はつねに違っている。意気消沈したリチャード二世は自分に付いてくれた人々に語る。

お前たちはこの間《かん》ずっと私のことを取り違えていたのだ。
私も、お前たちと同じく、パンを食べて生き、ないとひもじい思いをし、
悲しみを味わい、友を必要とする。こんなふうに境遇に支配されている
私のことを、どうしてお前たちは王だなどと言えるのだ。

（『リチャード二世』三幕二場一七〇―七三行）

リアもまた同様に、自分が「支配されている」ということを悲憤の念とともに学んでゆく。彼の地位は、世間とはつねに自分の意志に従うものだ――「何事もわしの言ったとおりに『はい』だの『いいえ』だのと言う」――という幻想を彼の中に育んできていたが、しかし、権限を仮借なく剝ぎ取られてゆくことで、地位という衣裳の下に、震える弱い生身の肉体が露わになる。

ひとたび雨が降ってわしをびしょびしょにして、風がわしの歯をガタガタ鳴らし、雷はわしが命じても静まらなかったとくれば、それで奴らの正体が知れた、奴らが何者か嗅ぎ分けられた。いいか、奴らは口先どおりの奴じゃないぞ。奴らはわしがすべてに通じていると言いおったが、嘘だった。わしは瘧《おこり》さえはねのけることが出来ないのだ。（四幕六場九七―一〇三行）

瘧《おこり》――インフルエンザ――は、自律性の夢に対する真っ向からの挑戦であり、リアが気の狂った乞食をさして言うように、「雨風をしのぐ宿もないような男」は「お前のように哀れで肌も露わに襤褸《ぼろ》を引きずる動物にすぎない」（三幕四場九八―一〇〇行）ということの冷然たる証しである。

けれども、何らかのかたちで支配され従属しているということが、人間として避けることの出来ない条件だとしても、それでも、シェイクスピアは、人間によって作られたもの、つまり、詩や劇には、根源的な自由が可能であると考えていたかもしれない。彼はまた、そういったものを作っている際の芸術家にもこういう自由が可能であると考えていたかもしれない。結局のところ、彼は、特定の生身の王と王の彫像――例えば、今でもウェストミンスター寺院で見ることの出来るヘンリー七世の生き写しの全身像のような彫像――とのあいだの違いについては、当時、十分に理論化されていたこともあり、自身完全に理解していた。前者は瘧を免れるということはないが、後者は、虚構の人格（persona ficta）として、決して死ぬことのない王の権威を表象するものだった。シェイクスピアの偉大な同時代人で法律家だったサー・エドワード・コークは、有限の生しか持たない現《うつ》し身の王は神の手になるものだが、不滅の王は人間の手になるものだと述べている。[13]

若い貴公子に呼びかけて、彼に象徴的な永遠の生を約束するシェイクスピアのソネットは、この伝統的な区別に依拠しているが、シェイクスピアは、その逆説の感覚を強調することによって、これを彼らしい独自のものにしている。

真鍮も、石も、大地も、無辺の海も、
その力を悲惨な消滅の運命が圧倒せずにおかない以上、
働きは一輪の花に等しい美が、
この暴威にどうして持ちこたえられようか。　（ソネット六五番）

ここで、時のもたらす荒廃は圧倒的で止めようのない軍勢に喩えられているが、その荒廃による支配の下に置かれているのは、人の生身の肉体だけではなく、彫像が作られる元になる真鍮や石といった素材も同様である。大地や海でさえが免れることのない支配からは、ソネットの終わりの二行が言うように、

> こんな奇跡が威力を発揮せぬ限り、
> つまり、黒いインクで私の愛が永久《とわ》に明るく輝くことがない限り、

何物もそして誰も逃れることは出来ない。この奇跡とは——とはいえ、この奇跡も疑念によって注意深く囲われているのだが——芸術の自律性という奇跡、美的なものはほかの物質的なものの一切を支配している法則から自由であるという奇跡であろう。

ここに挙げられている美的なものは、それ自体物質的なものである。それは黒いインクからなっている。この奇跡に特別な鮮烈さが感じられるのはそのためである。なぜなら、あらゆる物体の中で、黒いインクというのは、明るく輝く美を伝えるには最も縁遠いものだからである。シェイクスピアは繰り返しこの逆説を詩の題材に取り上げているが、この逆説の効果は、アドルノが「否定性」と呼んだことで知られるもの[7]に依拠している。

彼の美しさはこの黒い字句の連なりの中に見られようし、
この字句は生き続け、その中で彼も永久《とわ》にみずみずしく輝くだろう。

（ソネット六三番）

シェイクスピアの詩が永遠に朽ちることのない芸術作品という特別な地位を主張するのは、現実を模倣するその写実の効果を通してではなく、否定の効果を通してなのである。

これまで見てきたように、否定は、シェイクスピアにあっては、インクの黒さについての機知にあふれる言葉遊び――黒さゆえに、他のあらゆるものを運命づけている腐敗や衰退を奇跡的に免れているということ――を超えて、美の規範に対する深い批判と憎悪の限界についての探究の両方にまで広がっている。けれども、おそらくは、美の自律性の観点からすれば、重要なのは、否定の正確な対象よりもむしろ、奇跡を夢見ることそのものである。シェイクスピアは、一八世紀に美学を取り巻いていた哲学的な装置の助けなど何一つ借りるまでもなく、詩人や劇作家は自分の決まりに従って生きる自由があり、そういう芸術家が作り出すものはとりわけ自由で束縛されてないものだという主張を構想することが出来た。彼はまた、この主張を単に直感のみによって思いつく必要もなかった。彼には、絶対的な演劇に向かおうとする自分の意志に対しては何の束縛もありえないかのように執筆したクリストファー・マーロウという同時代の例があった[14]。彼にはまた、芸術的自由の議論も手元に置いて好きに使うことが出来た。こういった議論は、プラトンとアリストテレスに発想の起源を持ち、多くのルネサンスの文芸理論家によっても主張され、一五八〇年代初期にフィリップ・シドニーの『詩の擁護』の中で力強く表現されていた。

シドニーは、人間の手になる学芸は一般にそれだけで独立したかたちでは成立し得ないと考えていた。彼は書いている。「人間に委ねられた学芸で、自然によって作られたものをその主たる対象としていないものはなく、そういった自然の作物《さくぶつ》なしに人間の学芸は成り立ちえないし、そういったものに依存している度合いはきわめて高いので、学芸は、いわば、自然が表現したいと望むものを演ずるための役者ないしは俳優となるのである[15]。」役者ないしは俳優となるというのは、貴族主義的なシドニーにとっては、自律性の対極にあるもので、ほかのものの命令への絶対的な依存を凝縮したあり方だった。彼はさらに続けて、こういった依存は、天文学者や幾何学者、数学者、音楽家や、自然哲学者、倫理学者、法学者、文法学者、修辞学者に、論理学者、内科医に、形而上学者などにとっても避けようのない、彼らの存在を定義づける条件だとしている。シドニーは、より高い権威によって定められた規則に従わなければならない人々を列挙したこのリストから、慎重に一つの職業だけ脇によけている。彼は書いている。「聖職の人、つまり、牧師だけは、あらゆる敬意を込めて、例外としなければならない。[16]」けれども、言うまでもなく、聖職者は、ほかの誰よりも、一つの絶体的な権威に——自然の権威にではなく、自然の造り主の権威に——支配されている。この従属の原理には一つだけ本当の例外がある。

詩人だけが、こういった支配に縛られることを一切潔しとせず、自分の創意という活力で引き上げられて、自然が生み出すものよりよいものか、あるいは、自然にはなかったもの——例えば、英雄や半神、一つ目の巨人キュクロープス、キマイラ、復讐の女神など——を全く新たに作ることで、結果的に別の自然を育て上げて、自然の恵みの狭い範囲に閉じ込められるのではなく、自分の知恵の広大な領域を自由に渉猟して、自然と対等に手を取り合って進むに至ったのである。

芸術家や学者の中で、独り詩人だけが、自然に対するいかなる依存も——依存とは服従の一形態であると見なして——拒否するのである。

シドニーは、苦痛に満ちた経験から、強大な女王の臣下であるというのがどういうものかわかっていた。服従させられることにはげしく抗うというのは彼の生涯を通して繰り返される主題の一つであり、彼の偉大な作品『アストロフィルとステラ』と『アーケイディア』は限界や束縛についての複雑な考察である。けれども、『詩の擁護』の中では、彼は隷従を強いられることに対する貴族的な侮蔑の念を露わにして、これに戦いを挑んでいる。彼がそこで使う言葉は、あからさまな反逆の言葉というわけではないが、単に面倒な桎梏からの逃避という域を超えたものである。シドニーが最も偉大な詩においてはそうだと主張したように、詩の中でだけは、自然との繫がりは断たれ、一切のことが可能である。生殖が心に及ぼす力は母親を前にしたコリオレイナスを圧倒してしまうが、その生殖の生物学上の決まりも詩の中では覆され、だからこそ、獅子の頭と山羊の胴と蛇の尾をしたキマイラが象徴として大きな力を発揮するのである。

詩人の中には自然の決まりとそういう決まりが意味する限界に従う者もいる（シドニーが挙げる例には、ルクレティウスと『農事詩』のウェルギリウスが含まれている）。ルクレティウスは書いている、「あらゆる種類の原子があらゆる種類の組み合わせで繫げられるなど、想像だにされてはならない。さもなければ、あらゆるところに奇形のものが作り出されるのを目の当たりにすることになるだろう。半人半獣の怪物が現れるだろう。ときには生き物の胴から高い枝が伸びるだろうし、陸の動物と海の動物の四肢がしばしば一つに組み合わさることにもなろう。そして、地獄を思わせる喉元から炎をはき出すキマイラが、あらゆるものを生み出す大地の至るところで自然によって育まれることとなろう。[17]」もちろん、ルクレティウスもよくわかっていたように、こういったものが想像されてはならないと言うことは、同時に、それらを想像することであるが、肝腎なのは、彼の言い方を借りれば、「そういったものは何一つ起こらない」ということを理解することである。しかし、シドニーからすれば、このように自然の決まりに卑屈に従うことは、ルクレティウスのように、その作品が「取り上げられた話題の囲いの中にしっかり収まって、自分で作り出した道を取ることのない」作者が、詩人などと呼ばれるべきかどうか、疑問を湧かせることになる。「彼らが詩人と呼ばれるにふさわしいかどうかは、文法家に議論させればいい」と、彼はこともなげに言って、彼が「正しい詩人」と呼ぶ者たちに関心を向けてゆく。彼はこう説いている。

違いは、自分たちの前に据えられたとおりに顔をなぞるだけのような低級な部類の画家と、自分の知恵以外には何の決まりも持たず、その知恵を画題の人物にどんな色を盛る

ことが目が見るのに最もふさわしいかということに注ぐ、もっとすぐれた画家とのあいだのような、種類の違いである。(18)

「自分の知恵以外には何の決まりも持たない」――低劣な画家が現実の世界に縛られ、それをなぞるだけであるのに対して、「もっとすぐれた」画家は、よりすぐれた詩人と同様に、自律しているというのである。

ヴェロネーゼに肖像を描かせたシドニー〔8〕であるが、彼は、最も優れた画家ですら彼が「真似《まね》」と呼んだもの、すなわち、現実模倣(mimetic)の表象をおこなっていると考えた。しかし、彼の見方では、最良の芸術家は、「真似る〔=現実を表象する〕ために、現にあり、過去にあったし、将来あるだろうものから何かを借りるというのではなく、該博な思慮のみによって導かれて、これからあり得て、また、あるべきものについての神聖な想念の中に入ってゆくのである」。肖像画の画家が「現にあるものから何かを借りるというのではない」とはどういう意味か、正確に把握するのは難しい。おそらく、こういった場合には、この言い回しは単にシドニーが好んだかもしれない種類の理想化された描写――ベン・ジョンソンによると、シドニーの顔はあばたで損なわれていたという――を指しているだけだろう。シドニー自身が挙げている例は、肖像画ではなく、死に臨んだルクレチアの絵であり、「そこで画家が描いているのは、彼が実際には会ったこともないルクレチアではなく、彼女が体現している美徳が外側に発露してくるその美しさである」。

シドニーがここで美徳を強調しているということは、彼が考える詩人の自由とはどういうものか理解する鍵となる。自然から解放されるということは、ある特定の顔の目鼻立ちが内側の美徳を見えにくくするのと同じように、実際の状況のために見えにくくなりがちな、道徳的な明瞭さを達成することである。実際、詩が自然界に見られる全てのものを凌駕する理想像を提示できるという事実は、人間の置かれた状況がいかに堕落したものであるかということの証拠を提供している。なぜなら、「私たちの優れた知恵は完全無欠とはどういうものなのか私たちに知らせているのに、悪習に染まった私たちの意志は私たちがそこに達するのを妨げているから[19]」である。詩の自律性は、それゆえ、抽象化し理想化する能力を通して、堕落以前の楽園にあった無欠さに回帰するという夢を育み続ける。現実の世界をあとにして、自分の知恵の領域を自由に逍遥することによってのみ、詩人は自身と読者を救済へと導くことが出来るのである。

シェイクスピアがこの注目すべき一節を知っていた——あるいは、最低限、その背後にある考え方を知っていた――ということは、彼の作品全体に亘って、おそらくとりわけ『夏の夜の夢』の中に、響いている印象的なこだまを通して推し量ることが出来る。

詩人の目は、えも言われぬ霊感の導くままに、
天から地、地から天へと視線を転じ、
知られていないものの影を想像力が
映し出すのに合わせて、詩人のペンは、
それらを輪郭のある形に変えて、陽炎《かげろう》のように摑みどころのないものに
住まうべき場と名とを与えるものだ。（五幕一場一二―一七行）

このじつに示唆に富んだ一節は、のちに芸術の自律性という題目の下に探究されることになる重要な考えのいくつかを暗示しているように思われる。それは、例えば、芸術作品は、物事の自然な秩序に内在する規則から独立した、それ自体の命を持っている、あるいは、芸術家は独特の認識形式によって導かれている、美的経験は日々の実践的なやり取りや実利的な考慮から隔たったものである、芸術家によって創造されたものは科学や哲学の観点からは知ることも判断することも出来ない、芸術は根源的な自由の領域である、といった

考えである。

この自由は、シドニーの見解においてと同様に、シェイクスピアの見解ででも、世界をあるがままに表象するという義務からの逃避、自然からの逃避と繋がっている。シドニーにとっては、先に見たように、それは自分のことを役者か俳優として考えることからの逃避だった。けれども、自身劇作家であると同時に役者でもあったシェイクスピアにとっては、シドニーの記述の動機となっているような救済への願いや高邁な道徳的展望、隠そうとしてもほとんど透けて見える政治的な目的といったものは、ほとんど何の関わりもなく、シドニーの貴族主義的な自負の念も、彼には全く無縁のものだった。[20]それどころか、私が引用した一節は、シーシアス公が恋人たちから彼らがアテネの森で体験した狂おしい夜についての説明を聞いて、彼が感じた懐疑の念を表明した台詞の一部である。彼は穏やかな軽侮の念を込めて、「狂人と恋人と詩人は、／みな想像力で出来ている」（五幕一場七―八行）と語る。つまり、彼らは、「沸き立つ脳」と「ないものを映し出す空想」（五幕一場四―五行）で一つに繋がっているというのである。彼らは誰一人としてそこに実際にあるものを見ていない。

ある者には広大な地獄にも入りきらないほどの悪魔が見える。
それが狂人だ。恋する者もやはり気が触れていて
エジプト女の黒いひたいにヘレネーの美貌を見るのだ。（五幕一場九―一一行）

想像力の影響の下で、狂人は世界を実際よりも暗くして、一方、恋人の方は、現に自分の目の前にある暗さが見えていない。こういう連中と一緒にされれば、未知のものにかたちを与える詩人の能力も、ひときわ優れた知恵の徴などではなく、錯乱の徴候、現実を不合理な願望の方へか、さもなければ、不合理な恐怖の方へねじ曲げる傾向の徴となる。

強力な想像力というのはいかにも変に働いて、
何か喜ばしいことを思いつくだけで、
誰かが必ずその喜びをもたらすはずだと思い込み、
あるいはまた、夜になれば、何か怖いことを想像して、
木の茂みもたやすく熊に思えてしまうのだ。（五幕一場一八―二二行）

もちろん、幻惑されているのは、シーシアスの方だと言うことも出来よう。自分が日常

の現実を把握できていると自信を持つあまりに、彼は、恋人たちが話して聞かせる出来事、妖精たちの仕掛けに振り回された彼らの狂おしく混乱を極めた彷徨は、劇がまさしく実際のこととして描いているものだということを理解できない。実際の出来事は、あらゆるものを鮮明にはっきりと見ていると主張する人々が想像できるよりはるかに夢に似ている。それゆえ、混乱した記憶を辿る滑稽なボトムの方が、はっきりとものを見ているシーシアスよりも真実に近いということになる。

ずいぶん不思議な景色を見たもんだ。夢を見たんだが、どんな夢だか口で言うのは、人間の知恵ではとても出来やしない。この夢を説明しようとしたら、自分がロバのような頭しかないとわかるんだ。たしか、俺は……、何だったかな、ええと、たしか、俺は……、何か持ってたのかな。でも、何を持ってたんだか言おうとしたら、つぎはぎだらけの阿呆のような気になるんだな。俺の夢がどんなだったかは、人の目が聞いたこともなければ、耳が見たこともない、人の手が味わったこともなければ、舌が考えたこともなく、人の心が伝えたこともないものなんだ。（四幕一場一九九—二〇七行）

一人で全部の役を演じたがるような生気にあふれ、うぬぼれた頓馬《とんま》な男が語る、描写のしようも、解釈のしようも、理解のしようもないものについてのこの見解は——「コリント人への第一の手紙」のパロディ[9]であるが——彼の全ての演劇作品の中でシェイクスピアが芸術の自律性という考えに最も近づいた瞬間である。それは公《おおやけ》の上演の中で君主に披瀝するにふさわしい考えだと、ボトムは考える。「ピーター・クインスに頼んで、この夢についてのバラッドを書いてもらおう。夢には底が抜けていたから、『底抜けボトムの夢』という題にして、劇の終わりに、公爵様の御前《ごぜん》で歌うんだ」（四幕一場二〇七—一〇行）。

私たちは、実際には、職人たちが公爵のために演ずるおかしなほど稚拙な芝居の結末で「底抜けボトムの夢」を聞くことはない。ボトムは仕舞い口上——たぶん、彼が歌うつもりだったバラッド——を披露しようとするが、公爵はそれを遮る。「もう口上はいい。お前たちの芝居に言い訳など必要ないから。言い訳なしだ」（五幕一場三四〇—四一行）。けれども、『夏の夜の夢』は、まさしく公爵がにべもなく断ったような、言い訳めいた仕舞い口上で終わっている。パックが進み出ると、劇全体が底の抜けた夢だったという趣旨のことを語って聞かせるのである。

もし私たちのような影法師が皆様のお気を損じることがあったとすれば、

こうお考えくだされば、よろしいかと存じます。
つまり、皆様はここでしばらくうとうとされて、
そのあいだに、これらの幻が現れただけだと。
このたわいもないふざけたやりとりは
ひとときの夢をご覧に入れただけのことゆえ、
どうか、権勢並びなき皆々様、お責めになりませぬよう。
お赦しをいただけるなら、私ども一同さらに精進を重ねてまいります。

（「仕舞い口上」一―八行）

これが芸術の自律性についての劇の主張を要約したものだとすれば、それは、想像力の解放を高らかに謳っていたシドニーの見解から、ずいぶん慎ましく実務的なものへと縮小されている。芸術はそれ自身の決まりに従って成り立っているが、それは夢がそれ自体の決まりに従っているのと同様だというのである。

決定的に重要な点は、気を悪くする理由、つまり警察を呼ぶような理由はないということである。役者も劇作家も自分たちが提供している芸術は潜在的にはきわめて脆弱なもの

であるということを知っている。彼らは、シェイクスピアがソネット六六番で「権威筋のために口も利けなくされた[21]」と嘆くときに念頭に置いていた恐ろしい妖怪のことを理解している。芸術家の自由は、社会的な合意、エリート——「権勢並びなき皆々様」——の側がその自由が存在することを許し、しかも、徹底的に絶え間もなく介入したりせずに存在することを許す意志があるということに依拠している。こういった社会的合意は、いうまでもなく、芸術的自律性の対極をうちに内包しているということも容易にありうる。つまり、芸術家たちは社会的に上に立つ者に対する自分たちの直接の依存を正式に認めるように仕向けられるかもしれないのである。芸術家の自由は、仮にそんなものが存在するとしても、あくまで、支配に服するという積極的な意志の中にのみ存することになるだろう。なぜなら、芸術家が人に聞かれうる声を獲得するのは、芸術上の約束事にであれ、社会的規範にであれ、決まりに従うことにおいてだけだからである。そして、その声は、結果として、暗黙のうちにであれ、はっきりと口に出してであれ、決して気を悪くさせるつもりはないという決意を表明するのである。

この決意は、へまを繰り返す職人たちが『ピラマスとシスビー』の冒頭で伝えようと試みるものである。

もしお気を悪くさせるようなことがあるなら、それは私たちの善意のなせる業です。
そのことをお考えください。お気を悪くさせようとして来たわけではなく、
善意をもって来たのです。私たちの拙い技をお見せする、
それが私たちが最後まで目指したことの本当の始まりなのです。
（五幕一場一〇八―一一行）

けれども、ピーター・クインスが文の区切りをうまく出来なかったことで、この試みは無残な失敗に終わり――おそらくこういう試みは全て失敗に終わるものなのだろうが――、『夏の夜の夢』は、結果的に、別の理解の枠組みを提案する。それはつまり、芸術は、夢と同様、現実とは何の関係もない、というものである。芸術はそれ自体の決まりに従って自由にやっていけばいいが、それはただ芸術が一切の実際的な意義から乖離して自由に浮遊しているからだというわけである。芸術が自ら何の意味もなく、何の結果も伴わない、ただの絵空事だ――「夢以外の何も産み出さない」――と主張することは、芸術の自律性を根拠づける基盤としては際立って実質を欠いたものではあるが、もしシェイクスピアが芸術の自律性を概念化したいと望んだとすれば、おそらく彼もこういうかたちで概念化し

ていただろう。[22]

シェイクスピアは、私が社会的な合意と呼んだもの、介入に対する一定の保護を役者たちに提供した相互の了解を、決して過小に評価していなかった。彼は生涯を通して牢獄に入るということはなかった。彼の芝居のいくつかの表題――『空騒ぎ』、『お気に召すまま』、『十二夜、あるいは、お好きなように』――は、自分たちが演じてきた演し物《だ》の実質のなさを説くパックの低姿勢な主張を補強しているように思われる。ベン・ジョンソンは自分の芝居は社会を統制してゆく上で重要な機能を果たしていると主張したが、シェイクスピアは自分の芸術には何の利用価値もないと示唆することを選んだ。それはただ、楽しみを提供する、あるいは、パックの仕舞い口上の比喩的なイメージを使うなら、観客の「夢の仕事」[10]として存在する。もし私たちが人間は実際に楽しみを必要とし、社会の夢の仕事は必要不可欠なものであるとするなら、私たちは、『夏の夜の夢』におけるシェイクスピアの卓越した巧みさは、まさしく、観客に自分たちが実践的な活動に参加しているということを忘れさせることにあると結論づけることが出来るだろう。彼の演劇は力強い――そして、少なくとも部分的には、介入に対して護られている――が、それはまさしく、観客が彼の芝居は何の機能も果たしていない、何ら有益ではなく、それゆえ、何の実践的な意味もないと信じているからである。

それでも、である。シェイクスピアが『夏の夜の夢』の結末でした主張に、実際には彼はそれ以降戻ることはなかったというのは、注目すべきことである。彼の最後期の作品の一つである『あらし』の中で、彼が再び観客の赦しを乞うために仕舞い口上を用いるとき、登場人物のプロスペローが語るのは根本的に違った視点からである。

皆様も罪を赦されたいと望まれますなら、
どうぞご寛恕の念をもって、私を自由の身にしていただけますよう。
（「仕舞い口上」一九―二〇行）

ここでも、以前と同様、仕舞い口上という形式は、舞台上の世界と舞台以外の世界のあいだ、演者と観客のあいだの障壁を取り除くために用いられている。(23) けれども、パックは劇を観客の中の人々が見たかもしれない悪夢に喩えることで、劇の至らない点を大目に見てほしいと願っていたのに対して、プロスペローは、彼らが犯したかもしれない罪を喚起する。劇が外部からの独立を主張するか少なくとも外部からの干渉に対する庇護を求める根拠としているのは、夢と同じように劇にも意味がないということではなく、その逆のようなもの、つまり、劇の弱点や欠陥、違反は、そういったものを裁くべく座っている人々の方でも秘密裏に共有しており、それゆえに、彼らもまた等しく赦しを必要としているのだという奇妙な主張である。

これらの二つの立場の差はどういうふうに説明できるだろう。答えは、思うに、彼がかつてシドニーの顰《ひそ》みに倣って説いていた自律性の主張について彼自身の中でしだいに懐疑の念が深まっていったということ、あるいはむしろ、この主張の代償はあまりに高いという感覚がしだいに募っていったということにあるだろう。この代償の程度は、おそらく、「自分自身の決まりに従って生きる自由」という言い回しが、シェイクスピアの想像の中に立ち現れた悪漢たちのうちで最も厄介な何人かにとって、座右の銘になり得るということから測ることが出来るだろう。これらの悪漢――リチャード三世やエドマンドやイアーゴー――は、自由の身になることへの欲望、エドマンドが「慣習の虐待」、「国の細かな定め」と呼ぶものに対する殺意のこもる苛立ちを共有している。そして、彼らはまた、自分たちの世界では他の者はみな自分たちの利益に供するよう用いられるために存在しているという確信も共有している。『リア王』の中で、おぞましいオズワルドが、反逆者として宣布されて首には懸賞金が掛けられたグロスターが盲目と化し、哀れななりでいるところに遭遇した際に、彼はこの確信をはっきりと声に出して表現している。

触れの出ている賞金だ。まさにしてやったりだな。
お前の目のない頭は、そもそもの初めから、俺の身上を築くために、
肉体とされたのだからな。（四幕五場二二二―二四行）

オズワルドはすみやかに片づけられる（グロスターの息子のエドガーが彼を棍棒で殴り殺す）が、彼が口にする感情はそれほどたやすく片の付くものではない。なぜなら、それは、シェイクスピアがよく理解していたように、道徳的堕落の中核にある原理であるというだけでなく、劇の執筆の中枢を支える原理でもあるからである。事実、グロスターは、オズワルドやほかの登場人物たちと同様に、シェイクスピアの身上《しんしょう》を築くために、作り出された――「肉体とされた」――のである。シェイクスピアがこの事実を否認することはなかった――その才能と野心を考えれば、彼がそれを否認することなどどうして出来ようか。けれども、作品を通して見られるこの「夢」から「罪」への移行は、自分の仕事とそれが内包する危険について、シェイクスピアの中でしだいに深まっていった自覚を測る一つの尺度になっている。

原注

第一章

（1） Ben Jonson, *Timber, or Discoveries.*『ハムレット』三幕二場二二一行と『ジョン王』三幕一場七四行を比較参照されたい。

（2） 本書におけるシェイクスピアからの引用は、特に断らない限り、全て *The Norton Shakespeare*, ed. Stephen Greenblatt, Walter Cohen, Jean Howard, and Katharine Maus, 2nd. ed.（New York: W. W. Norton, 2008）に拠っている。

（3） 限界を認めるのを拒むことが大きな災いに繋がるというのは、官能的な愛の場合だけに限らない。子供たちの愛に対するリアの絶対主義的な主張——自分が娘たちに「全て」を与えたという主張と、娘たちも自分のことを際限なく愛するべきだという要求——は悲惨な結果をもたらす。親の側の主張については、私の“Lear's Anxiety”（*Learning to Curse: Essays in Early Modern Culture* [New York: Routledge, 1990]〔磯山甚一訳『悪口を習う——近代初期の文化論集』（法政大学出版局、一九九三）〕所収）を参照されたい。

(4) *Aesthetic Theory*, ed. Gretel Adorno and Rolf Tiedemann, trans. Robert Hullot-Kentor (Minneapolis: University of Minnesota Press, 1997), 213.〔大久保健治訳『美の理論』(河出書房新社、一九八五)〕

(5) シェイクスピアは、権力を持つ者が悪徳を隠すことができるということと、肌のなめらかな表面の下に病気が隠されているというイメージの両方に魅了されていた。このイメージはとりわけ『ハムレット』の中に浸透していて、そこでは、王子は、表面の皮膚で覆われた悪性の腫瘍に探りを入れたいと望む。「あいつの病巣の芯にまで針を通して跳び上がらせてやる」(二幕二場五七四行)。ここでは、権力を持つ者が施す特別な「医療」とは、病気を治すことではなく、病気を覆い隠して、それが人目につくことなく転移するのを可能にすることである。

第二章

(1) アルベルティの定義したような意味での美は、一連の物質的な特徴からなっているが、それは、一五世紀半ばにマルシリオ・フィチーノが次のように言い表した、ネオプラトニズムでいう「開花」、つまり、内的な完璧さが現れ出ることと関係している。「内的な完璧さが外的な完璧さを作り出す。前者を私たちは善と呼ぶことが出来るし、後者は美と呼ぶことが出来る。この故に、私たちは、美とは善がある種の開花をしたものであると言い、その開花の魅力によって、ちょうど一種の釣り餌によるように、隠れた内面の善が見る者を惹きつけると言うのである。けれども、私たちの悟性による認識はもともと感覚に由来しているので、私たちは、目に見える外的な美の徴によってその内側に惹かれるということがなければ、ものごとの内奥に隠された善そのものに気づくことも望むこともないだろう。」（フィチーノ、Lorne Campbell, National Gallery, Miguel Falomir, Jennifer Fletcher and Luke Syson, *Renaissance Faces: Van Eyck to Titian* [London: National Gallery 2008], 31 に引かれたもの。）

（2）とりわけ、Elizabeth Cropper, "On Beautiful Women, Parmigianino, *Petrarchismo*, and the Vernacular Style," *Art Bulletin* 58 (1976): 374–94 と Cropper, "The Beauty of Women: Problems in the Rhetoric of Renaissance Portraiture," in *Rewriting the Renaissance: The Discourse of Sexual Difference in Early Modern Europe*, ed. Margaret Ferguson, Maureen Quilligan, and Nancy Vickers (Chicago: University of Chicago Press, 1986), 175–90 を参照されたい。この伝統における人間の表象については、Stephen J. Campbell, "Eros in the Flesh: Petrarchan Desire, the Embodied Eros, and Male Beauty in Italian Art, 1500–1540," *Journal of Medieval and Early Modern Studies* 35 (2005): 629–62 を参照されたい。

（3）Nancy Vickers, "The Body Re-Membered: Petrarchan Lyric and the Strategies of Description," in *Mimesis: From Mirror to Method, Augustine to Descartes*, ed. John D. Lyons and Stephen G. Nichols (Hanover, NH: University Press of New England, 1982), 100–109 を参照されたい。

（4）シラー「内容は何もしてはならず、形式こそが全てをするべきだ。なぜなら、人としての全体は形式によってのみ左右され、内容によって左右されるのは、個々の力の部分だけである。どれほど崇高で包括的であっても、内容は精神を制約するように作用し、真の美的自由が期待できるのは形式からだけである。したがって、巨匠の本当の芸術上の秘密は、物質的なものを形式によって無化することにある。」（*Aesthetic Education*, trans. Reginald Snell [New Haven: Yale University Press, 1954], 106.）

ヴィンケルマン「〔その統一性からは、高次の美のもうひとつの特性として、この美には徴がない（Unbezeichnung）ということが帰結する。すなわち、ここでは、この美の〕もろもろの形が、点によっても線によっても描写されることなく、もっぱらそれ自体として美を構成する、したがって、誰か特定の人物に属することもなく、また何らかの精神状態や感情を表現することもない――そのような要素は美の中にさまざまの異質な面を混入させて、統一性を揺るがすことになる――ひとつの形象を構成するのである。この〔「徴がない」という〕概念に従えば、美とは、泉の内奥から汲まれた最も完全な水のようなものだということになる。その水には味がなければないほど、その分、いかなる異物も混じることなく純化されていて、すこやかなものと見なされるのである。」Simon Richter, *Laocoon's Body and the Aesthetics of Pain: Winckelmann, Lessing, Herder, Moritz, Goethe*（Detroit: Wayne State University Press, 1992）, 56 に引用されている。Luca Giuliani, "Winckelmanns Laokoon: Von der befristeten Eigenmächtigkeit des Kommentars," in G. W Most, ed., *Commentaries. Kommentare*（Göttingen: Vandenhoeck & Ruprecht, 1999）, 4: 296–322, 特に三〇八頁も比較参照されたい。

（5） Denis Donoghue, *Speaking of Beauty*（New Haven: Yale University Press, 2003）を比較参照されたい。

（6） Mark Frank, *LI sermons preached by the Reverend Dr. Mark Frank... being a course of sermons, beginning at Advent, and so continued through the festivals: to which is added a sermon preached at St. Pauls Cross, in the year forty-one, and then commanded to be printed by King Charles the First*（London: printed by Andrew Clark for John Martyn, Henry Brome, and Richard Chiswell, 1672）, 89.

（7） 同書九〇―九一頁。「私たちの能力のごく自然な不備が私たちの精緻を極める美しさにどうしても一種の鈍い影を落とし、外見上の欠陥によって暗黙の裡に内面の過誤を告げずにはおかない。もっとも、私たちは同じ組成でなっているので、あまりに鈍くて、そのことに気づかない。一方、キリストの顔にはそういった闇はなく、また、その内側にも、完全に魅力的で、その部位や働きに精確に適合していない才知は一切ありえないのである。」

（8） 同書、九一頁。

（9） John Wilkins, *An essay towards a real character, and a philosophical language*（London, 1668）, chap. 8, pt. 5.

（10） Thomas Aquinas, *Summa Theologica*, suppl. Q. 78. arts. 3, 5, 5: 2876–77, and Q. 79, arts. 1–2, 5: 2877–81. これは Valentin Groebner, *Who Are You? Identification, Deception and Surveillance in Early Modern Europe*, trans. Mark Kyburz and John Peck（Brooklyn, NY: Zone Books, 2007）, 8 に引用されている。

（11） Frank, *LI sermons*, 91.

（12） British Library, Additional MS 23, 069, fol. 11. これは Laura Lunger Knoppers, *Constructing Cromwell:*

Ceremony, Portrait and Print, 1645–1661 (New York: Cambridge University Press, 2000), 80 に引用されている。

(13) バッサーニオーは同じ趣旨でさらに話を続けて、グロテスクの感覚をいっそう強めている。

> そうして、波打つ黄金の巻き毛も、今はこのとおり
> 美しいとされる女性の上で、風に戯れ、陽気に
> はねてはいるが、それを伸ばした頭蓋が
> 墓に入った暁には、しばしばほかの頭の
> ものとなることが知られているのだ。(三幕二場九二―九六行)

肖像に描かれたポーシャの美貌に対するバッサーニオーの不安の少なくとも一部は、美貌と貞潔は互いに対立しているという当時の恐怖と繋がっている。ティツィアーノが一五三七年から八年にかけて描いたウルビノ公爵夫人エレオノーラ・ゴンザーガの肖像についてのピエトロ・アレティーノのソネットを参照されたい。「ティツィアーノの筆で重ねられた色合いの統一は、エレオノーラの中に満ちる調和に加えて、彼女の穏やかな精神をも表している。へりくだった物腰には慎みが宿り、その衣裳には純潔が住まいし、羞じらいが彼女の胸と髪をヴェールで覆いつつも讃えている。愛はその威厳に満ちた眼差しをじっと彼女に注いでいる。永遠に和するはずのない貞潔と美貌が、彼女の肖像の中で一つになって、彼女の睫毛のあいだには、三人の美の女神の玉

座が見える」(*Renaissance Faces*, 30)。この肖像画は、まさしく私が分析しようとしてきた無表情さを帯びている。

(14) Lucretius, *On the Nature of Things*, trans. Martin Ferguson Smith (Indianapolis: Hackett, 2001)〔藤沢令夫・岩田義一訳『事物の本性について――宇宙論』(『ウェルギリウス、ルクレティウス』(「筑摩世界古典文学全集二一」、筑摩書房、一九六五)所収)〕第四巻一一五二―五四行。

(15) 同書、第四巻一一六〇―六四行。

(16) 同書、第四巻一一七六―七七、一一八一―八五行。

(17) Joel Fineman, *Shakespeare's Perjured Eye: The Invention of Poetic Subjectivities in the Sonnets* (Berkeley: University of California Press, 1986), とりわけ、二九一頁に見られる、この現象についての卓抜な分析を参照されたい。

(18) Neville Williams, *Power and Paint: A History of the Englishwoman's Toilet* (London: Longmans, 1957), 18–20, 37–38.

(19) *The Complete Works of John Lyly*, ed. R. Warwick Bond (Oxford: Oxford University Press, 1902), 1: 184, 21–23. ヴィーナスのほくろとヘレネーの傷痕は、一六世紀末から一七世紀初頭にかけて際限なく繰り返されたモチーフである。例えば、トマス・デッカー『お上りさんの遊蕩の手引き』(Thomas Dekker, *The Gull's Hornbook* [1600]) 第一章の次の一節を参照されたい。「何と驚くほど世界は変わってしまったことか。しかし、この世は五千年近くも病に伏せっていたのだから、不思議ではない。したがって、世界がかつての世界劇場（théâtre du monde）と違うのは、お馴染みのパリス・ガーデンがパリの王宮の庭と違うのと同様なのだ。

それゆえ、この丸い世界全体を新しい鋳型に投げ入れながら、それを丸い顔全体を卵の白身でつんつるてんに仕上げたミュリネーの球のように見せることなく、初めの時のように、古い輪や曲線や平行線やいろんなかたちのもので一杯にして、それでもって、最初の創造の際に世界にくっついて、ヘレネーの頬のほくろが愛の砥石（cos amoris）となるように、世界をこの上なく愛らしく見せたあらゆる皺や割れ目や裂け目や傷を再現することが出来る者がいるとすれば、その男は、何とすぐれた職人だろう。しかし、今では、そういった畦《あぜ》は紅と白粉《おしろい》でふさがれているのだが、そんなことをしても何の甲斐もなく、世界はより醜くなっている。いやはや、カツラをかぶっていなければ、ただの禿げ上がった世界となって、その身体は、あまりに熱したために、鳥もちのように醜くなって、その息は、砂糖菓子を食べすぎた小間使いたちの口のように悪臭を放っているのだ。それを浄めることは、アウゲアスの牛舎を掃除するか、ムアディッチのどぶを浚《さら》えるよりもつらい苦役だろうが、ここに誓って言う、我こそは後先のことなど一切顧みずにその仕事を買って出よう。」

(20)　一七世紀のフランスの詩人の空想では、美の徴は、ハエがヴィーナスの胸に止まった際に、息子のキューピッドがそのハエに罠を仕掛けて、そこから飛べなくしたことに、由来しているという。

そうすることで、皆にも
突然胸がまばゆく、輝かしく、
目眩《めくるめ》くほどに白く見えるように、
さながら黒みがかった雲の周りで、空が
いっそう明るい青に映《はえ》るのと同じように。

(Richard Corson, *Fashions in Makeup from Ancient to Modern Times* [London: Peter Owen, 1972], 166に、元の典拠を示さないで、引かれている。)

同じフランスの一六世紀の詩人ギョーム・デュ＝バルタスは、『聖週間』の中で、神に向かってこう乞い願う。

私の身体のすべての中で
あなたが見られる最大のしみは、真っ白な雪より白い
襞襟に、その白さをいっそう白くするために、
類なき美貌の乙女が添えるハエほどでしかありませぬよう。
(あるいは彼女のひたいに貼られた天鵞絨製のほくろか、
ヴィーナスの妙なる頬に筆で描いたほくろほどでありますよう。)
そして、わずかな欠陥は、私がもっとも甘美に歌えるように、

天を思う私の思いに、ただいっそうの輝きを添えますよう。

（英訳 Josuah Sylvester, *Divine Weeks*, 2nd book of the 4th day of the 2nd week, 553.）

（21）「『しみ』という言葉が劇の中で初めて使われるのは、ヤーキモーがほくろのことをポスチュマスに話して聞かせるところである。『君も奥さんにこういうしみが／あったことは覚えているだろう。』この時点で、腕輪のことから、すでにイノージェンの不実を確信しているポスチュマスは、『覚えているとも、そのしみは、地獄にも収まらないほど大きなもう一つのしみの存在を裏づけるものだ』と答える（二幕四場一三八―四〇行）。ほくろは、二度目の賭の場面では、イヴと原罪に関わる女性のしみ・汚点を想起させるように用いられている。けれどもヤーキモーが初めてイノージェンのほくろを見るときには、彼はそれを『桜草の花弁の／奥深くにある深紅の斑点のように、星形に並んでいる』（二幕二場三八―三九行）と形容している。赤い斑点は花の内側のように精妙に並んでいるのである。ほくろから連想される花のイメージは、ヤーキモーがポスチュマスを罠にかけるために思いを巡らせる中で、しみへと変わり、官能的な肉体と性的な罪にまつわるこれらの連想はさらに血染めの布に移行する」（Valerie Wayne, "The Women's Parts of *Cymbeline*," in Jonathan Gil Harris and Natasha Korda, eds., *Staged Properties in Early Modern English Drama* [Cambridge: Cambridge University Press, 2002], 298）。さまざまな有益な示唆を得たことで、Valerie Wayne に感謝したい。［なお、ここで同じ登場人物について、本文では「ジャコモ」、注の中の引

用では「ヤーキモー」と呼び方が違っているのは、それぞれが依拠しているテクストが異なっているからである。〔訳者〕〕

第三章

（1） Carl Schmitt, *The Concept of the Political,* trans. George Schwab（Chicago: University of Chicago Press, 1996）, 37.〔田中浩・原田武雄訳『政治的なものの概念』（未来社、一九七〇）〕

（2） シャイロックが市民権を認められていたという議論については、Julia Reinhard Lupton, *Citizen-Saints: Shakespeare and Political Theology*（Chicago: University of Chicago Press, 2005）, 100 を参照されたい。

（3） Louise Richardson, *What Terrorists Want*（New York: Random House, 2006）, 104–35. Navid Kermani, *Dynamit des Geistes: Martyrium, Islam und Nihilismus*（Göttingen: Wallstein, 2002）も併せて参照されたい。

（4） 旧来の悪辣なかたちの反ユダヤ主義が現代でもなお繰り返し表明されていることについては、http://www. stsimonoftrent. com を参照されたい。

（5） "The Jewish Holiday of Purim, by Dr. Umayma Ahmad Al-Jalahma of King Faysal University in Al-Dammam," *Al-Riyadh*, March 10, 2002（Middle East Media Research Institute に拠る。）抗議に続いて、サウジアラビアのメディア関係者の中からも Al-Jalahma 女史の記事に対する若干の批判があった。

Al-Watan のコラムニスト Othman Mahmud al-Sini は、「ユダヤ人が血に訴えるというのは、何世紀も前からの伝統であり、シェイクスピアの『ヴェニスの商人』を通してよく知られるようになった。この劇の中で、ユダヤ人の商人シャイロックは、劇の主人公が自分から借りた借金と引き替えに、相手の肉を一ポンド削ぐことを要求した」と認めた上で、しかし、「今はこの問題を提起するのにふさわしい時ではない」(二〇〇二年四月一日) と述べている。

(6) この創意――巧妙なプロット (仕掛け／筋) を考案する、独立心と興業の精神に富んだ決意――は、シャイロックの辛辣な機知とそしておそらく彼の金への執着とともに、シェイクスピアが自分の描いたこの人物と人格的に同一化する根拠の一つとなっている。

(7) シャイロックの主張には異論を唱えることも出来よう。アントーニオーが彼に唾を吐きかけたのは、ユダヤ人としてではなく、金貸しとしてだったとも言えるだろう。結局のところ、劇の前の方で、シャイロックが利子を取らずに金を貸そうと申し出ると、アントーニオーはいつになく優しい言い方で、これを受け入れる。「急いでくれ、親切なユダヤ人。」"Gentle" (親切な、温厚な) と "gentile" (非ユダヤ人、キリスト教徒) の語呂合わせを強調するように、アントーニオーはバッサーニオーにこう付け加える。「あのヘブライ人はいずれキリスト教徒になるだろう。奴はだんだん親切になっている」(一幕三場一七三―七四行)。けれども、生業の手段が高利貸しに限定されていてそれに依存するしかないユダヤ人からすれば、ここでアントーニオーが「親切な」という形容句を用いることは、唾を吐きかけるのと同様に侮辱的な振舞いである。

（8）視覚芸術におけるこの同一視については、Ruth Mellinkoff, *Outcasts: Signs of Otherness in Northern European Art of the Late Middle Ages*（Berkeley: University of California Press, 1993）; Deborah Strickland, *Saracens, Demons, Jews: Making Monsters in Medieval Art*（Princeton: Princeton University Press, 2003）; 並びに Joshua Trachtenberg, *The Devil and the Jews*（New York: Harper and Row, 1966）を参照されたい。

（9）Derek Cohen は『ヴェニスの商人』についての熱のこもった論文（"The Question of Shylock," in *The Politics of Shakespeare*［Houndsmills, Baisingstoke: St. Martin's Press, 1993］）の中で、「私たちが劇の中で追ってきたシャイロックは、この瞬間のため――ナイフを振り上げて、アントーニオーの胸を突き刺すため――だけに生み出された、ないしは、創造された……。彼も私たちも、劇の中で彼が話し、そして、彼について話されるあらゆる言葉によって、殺害に向けて準備されてきていた」（三三頁）と書いている。コーエンの見方では、シャイロックの敗退は、登場人物に対してだけでなく「観客に対して振るわれる演劇上の蛮行」（三一頁）であるという。

（10）改宗して社会に同化されながら、それでいて、少なくとも一部ではよそ者として扱われる異邦人を取り上げているということで、『オセロー』は『ヴェニスの商人』が終わったところから始まる。

（11）Kenneth Gross, *Shylock Is Shakespeare*（Chicago: University of Chicago Press, 2006）.

（12）この説得力こそが、芝居がかった自己顕示を好む彼の性向と共に、キプロスに駐屯する部隊の指揮を執るようにというヴェニスの元老院の指令を、オセローが引き受けることに反映されているものである。

　　　　　　　　厳しい境遇の中で
　つねに感じる生来の逸る心の動きが
　沸いてくるのがわかります。オスマン人に対する
　　目下の戦いを進んでお引き受けいたします。（一幕三場二二九―三二行）

（13）『オセロー』五幕二場三五六行。ここには有名なテクスト上の異同がある。二つ折り版のテクストの読みでは“Judean”（ユダヤ人）となっているが、四つ折り版のテクストでは“Indian”（インド人／インディアン）となっている。どちらの読みも全面的に可能である。前者では、強調は「割礼を施した犬」（五幕三場三六四行）による――そしてまた、その犬に対する――憎悪に置かれている。これに対して、後者では、強調は、容易に担がれる原住民の無知とヨーロッパ人が憶測したものに置かれている。それゆえ、“Judean”の方が、自決を考えるオセローが思い起こす「悪意に満ちたターバン姿のトルコ人」（五幕二場三六二行）に概念的に近く感じられ、一方、“Indian”は、オセローが自身について言う「利口にではなく、あまりに深く愛した」（五幕三場三五三行）者という見方により近いように思われる。

（14）一四世紀に制作されたJohn of Foxton, *Book of Cosmography* の手稿（Trinity College Library, Cambridge, MS R.15.21. fol. 14v）では、〈憂鬱〉は自らの身体に剣を突き立てる黒人のエチオピア人

として描かれている。(Strickland, *Saracens, Demons, Jews*, 35, 84, and fig. 2 を比較参照されたい。)やはりストリックランドの本に収められた(図版七)、一五世紀半ばにバヴァリアで描かれた反キリストの図(Staatsbibliothek zu Berlin, Preussischer Kulturbesitz, Berlin, MA germ. F. 733, fol. 4)は、エチオピア人とサラセン人とユダヤ人が反キリストを崇拝する様子を描写している。図の上部の見出しは、頭巾を被ったエチオピア人のグループと、三人の無頭族(Blemmyai)——「頭が/肩の下に生えている」(一幕三場一四三—四四行)とオセローが定義する人物たち——とを、一まとめにしている。「それぞれ互いに独立したかたちで完全に邪悪な存在として描かれながら、ユダヤ人とイスラム教徒とエチオピア人と奇怪な種族が、反キリストに仕えるという点で一堂に会しているというのは、中世の論理では、一定程度筋が通っている」(二二八頁)と、ストリックランドは書いている。

第四章

(1) Thomas Starkey, *A Dialogue between Pole and Lupset*, ed. T. F. Mayer (London: Office of the Royal Historical Society, University College, London, 1989), 104.

(2) Bernard Williams, *Shame and Necessity* (Berkeley: University of California Press, 1993), 42.

(3) 同書、九四頁。

(4) いま引用した箇所とそれを含む場面の大部分は、一六〇七年から八年にかけて出版された四つ折り版（『リア王の歴史』）には見られるが、二つ折り版（一六二三年）では削除されている。〔なお、四つ折り版と二つ折り版については、第三章の訳注〔8〕と本章の訳注〔7〕を参照されたい。（訳者）〕

（5） イングランドでおおやけに認可された拷問は、エリザベスとジェイムズの治世の下で最も頻繁に用いられた。フランシス・ベイコンは、ジェイムズ王に奏上した覚え書きの中で、「謀反の極端な場合には、拷問は、証拠を得るためにではなく、そもそも謀反の動きがあるのかを発見するために、用いられます」と書いた。Elizabeth Hanson, "Torture and Truth in Renaissance England," *Representations* 34 (1991): 53–84; John H. Langbein, *Torture and the Law of Proof: Europe and England in the Ancien Régime* (Chicago: University of Chicago Press, 1977), 90.『オセロー』の最後で、イアーゴーが自分がどうしておぞましい罠を仕組んだのか説明するのを拒むとき、シェイクスピアは、拷問がこのように受け入れられているのを当然と考えているように見える。

何も聞くな。おまえたちは知っていることは知っている。
俺は今後いっさい口を利かないからな。（五幕二場三〇九―一〇行）

そばにいた者の一人は道徳的に憤慨する――「何だと、祈りもしないというのか」――が、別の一人は、少なくともジェイムズ治下のイングランドにありがちな反応をする――「拷問で口を割らせるまでだ」（五幕二場三一一―一二行）。

拷問を認可するためには、まず枢密院の公式の令状を得る必要があった。令状は、拷問にかけられる者の氏名を特定し、彼らに嫌疑がかけられている罪状を列挙していた。「しかし、エリザベスの治世は、イングランドで拷問が最も頻繁に用いられた時代だった。一五四〇年から一六四〇年にかけての記録が残っている八一件のうち、五三件（六五パーセント）はエリザベスの治下のものである。一五八九年以前には、拷問は、ロンドン塔で、一五八九年から一六〇三年にかけては、特別な装置が用意されたロンドンのブライドウェルで、執り行われた」（John Guy, *Tudor England* [Oxford: Oxford University Press, 1988], 318）。Langbein によると、「拷問の権限は、王の特権に内在しており、それは積極的にあったというのではなく、防衛のためにあったと言えよう。この権限は王の免責の原則に由来していた。君主は自分が主宰する法廷における訴追からは免責されていた。王と枢密院が免責されていただけでなく、彼らは自分たちの意向を受けて活動する者たちも免責できた（*Torture*, 130）。

（6）Langbein, *Torture*, 82-83 に引かれている。

（7）おそらくコーンウォールは、イングランドの慣習に反して貴族を拷問にかけたことをどう正当化しようか考えているのだろう。しかし、グロスターは決してコーンウォールと対等の身分ではない。

第五章

（1）アドルノは繰り返し芸術の自律性を提唱しながら、その度に、その主張に制限を加えるか、あるいは、それを完全に取り下げるかした。「もっとも崇高な芸術作品ですら、経験的現実が投げかける呪縛の外に踏み出していく――一回で完全にけりがつくかたちにではなく、繰り返し恒常的に踏み出していく――ことによって、経験的世界に対して一つの明確な態度を――それぞれの歴史的な瞬間に、この呪縛に対して具体的に、無意識のうちに、敵対的な態度を――取る……。自律していると同時に社会的構築物（fait social）であるという芸術の二重性は、その自律性の地平で不断に再生産される。芸術作品が、人生においてそのままのかたちで直接に経験されたもの、そして、精神によって排除されたものを、中和したかたちで、回復させるのは、経験的現実に対するこの関係を通してである。芸術作品が啓蒙に与るのは、これらの作品はそういうありようを偽らないからである」（*Aesthetic Theory*, 5）。

（2） *The Encyclopaedia of Architecture: Historical, Theoretical, and Practical*（New York: Crown Publishers, 1982）, 795.

（3） 「それから、蜂起に加わる人々の数はさらに増して、彼らは司教の館に押しかけて、彼にことに当たって、自分たちがパンなり平和なりを得られるようにしてほしいと要求した。これを見て、暫定議会の議員の何人かは、自分たちの配下の者や民衆の惨状を憐れんで、リオンの司教とヌムール公と反乱軍のほかの主だった人々と、理に適った条件、とりわけ、自分たちが自律性を持てるという条件の下で、王を認めるべきか、協議に入った」（Antony Colynet, *The true history of the ciuill vvarres of France, betweene the French King Henry the 4. and the Leaguers. Gathered from the yere of our*

Lord 1585. untill this present October. 1591 [London, 1591], 8: 840)。ここでは、自律性という言葉は、市が自分たちの行政上の独立を維持できることを指しているが、著者のコリネはその点で意見が分かれるさまを描いている。王との交渉を提案した人々は、自分たちの「自律性」を維持したいと望んでいる。けれども、ヌムール公は、まさしくそういった交渉をすることで、自律性が失われると見る。「問題が論じられ、一部の人たちは完全に和平に傾いていたが、その協議に反対して、市の総督のヌムール公が、怒りを露わにして、市が失われるくらいなら、灰燼に帰するのを見る方がましだと語った。つまり、市が国王に引き渡されるようなことになれば、自分としては、それは市が失われるということと見なしているというのである。そして、ひどく怒った様子で席を立って、このような議論の場にそれ以上とどまろうとしなかった。」公爵から見れば、王に屈服して――彼の市への入城を認めて――おいて、市の自律性を保つなど、ありえないことなのである。けれども、彼が退場した後も、その主張が通ることはなかった。「それにもかかわらず、王に使者を送って、全面的な講和を願うことに、全員が賛同した。」

（4）一六二三年にロンドンで刊行。この定義は、カントの道徳的自由――自律した意志の規範――という概念を予感させるものだが、両者をつなぐ複雑で曲折の多い径路を追うことは、本書――と私の能力――の範囲を超えている。

（5）*Mr. William Shakespeares comedies, histories, & tragedies* (London, 1623).

（6）Anthony James West, *The Shakespeare First Folio: The History of the Book*, 2 vols. (Oxford: Oxford

University Press, 2001), 1: 3. ボドレイもいくつかの芝居は収蔵する価値があるかもしれないと認めているが、しかし、「こんな種類の本がこのように高貴な図書館に一隅を認められるというのは、考えれば考えるほど、いとわしく思われる」とも述べている。

(7) *The Trew Law of Free Monarchies: or the Reciprock and Mutuall Duetie Betwixt a Free King, and his Naturall Subiects*, in *King James VI and I, Political Writings*, ed. Johann P. Sommerville (Cambridge: Cambridge University Press, 1994), 73, 75.

(8) Debora Shuger, *Censorship and Cultural Sensibility: The Regulation of Language in Tudor-Stuart England* (Philadelphia: University of Pennsylvania Press, 2006), 3 に引かれている。

(9) Ernst Kantorowicz, *The King's Two Bodies: A Study in Medieval Political Theology* (Princeton: Princeton University Press, 1957), 99〔小林公訳『王の二つの身体—中世政治神学研究』(平凡社、一九九二)〕に引かれている。

(10) Oliver Arnold, "The King of Comedy: The Role of the Ruler and the Rule of Law in Shakespeare's Comedies," *Genre* 31 (1968): 1–31 を比較参照されたい。

(11) Ernst H. Kantorowicz, *The King's Two Bodies*, 26.

(12) 同書、三九〇頁。

(13) 同書、四二三頁。これは、コークが、『カルヴァンの立場』(Sir Edward Coke, *Calvin's Case* [1600]) の中で、「一方は自然の身体で……、この身体は全能の神の創造になるものであり、死を免れることはないが……、もう一方の身体は政治的身体で、人の政体によって形づくられており……、この資格では王は不死身で不可視であり死を免れていると見なされる」と論じたのを、要約したものである。

（14）私の *Renaissance Self-Fashioning: From More to Shakespeare*（Chicago: University of Chicago Press, 1980）, chap. 5〔高田茂樹訳『ルネサンスの自己成型――モアからシェイクスピアまで』（みすず書房、一九九二）〕を参照されたい。マーロウの中で絶対的自律性にもっとも適合する人物はタンバレインである。

（15）*Sir Philip Sidney's "An Apology for Poetry,"* ed. Geoffrey Shepherd（London: Thomas Nelson and Sons, 1965）, 99–100. シドニーからの引用は、特に断らない限り、全てこの版に拠っている。

（16）Jeffrey Knapp, "Spenser the Priest," *Representations* 81（2003）: 61–78 の中の、この例外についての議論を参照されたい。

（17）Lucretius, *On the Nature of Things*, trans. Martin Ferguson Smith（Indianapolis: Hackett, 2001）, 2: 700–708 も併せて参照されたい。

（18）*Sidney's "An Apology for Poetry,"* 102.

（19）同書、一〇一頁。

（20）シェイクスピアが、『アントニーとクレオパトラ』の中で、『夏の夜の夢』を振り返って、この自然からの逃避という考えと巧みに戯れるとき、貴族間の政治運営の実態の少なくとも一端が垣間見える。「あなたたちは子供や女が見た夢の話をしたらいつも笑うのだわ。／それがあなたたちのやり方じゃなくって」と、囚われの身となったクレオパトラはローマ側の見張り役のドラベッラに訊ねて、それから自分が見た皇帝としてのアントニーという途方もない夢について語り始める。

あの人の両の脚は大海を跨ぎ、腕を持ち上げると、
そのまま世界がいただく冠となった。声と来たら、天球が
いっせいに妙なる音を奏でるよう。でも、それは友に向かうときで、
世界を震え上がらせようとするときは、
さながらすさまじい雷鳴のようだった。あの人の気前のよさには、
ものが途切れる冬はなく、一年中が、刈り取ることで
いっそうの実りをもたらす秋だった。楽しみに興じるさまは、
まるで喜びの満ちあふれる海水から、いるかが勢い余って
跳び上がるようだった。王冠を戴く者らも、みんな
あの人の仕着せを羽織って、かしずいていた。国も島も
みなあの人のポケットから落ちた銀貨のようなものだった。

（五幕二場七三―七四、八一―九一行）

ドラベッラが彼女を夢想から醒まさせようとする――「クレオパトラ!」――と、クレオパトラは彼に「私がいま夢に見たような/男がいたと、あるいは、いたかもしれないと」思うか訊ねる。彼の丁重ではあるが断固とした「いいえ」に対して、彼女は激した様子で応じる。

嘘だわ、神々にも聞こえるほどの大嘘よ。
でも、そんな人がいても、あるいは、かつていたとしても、
そんな人は夢には収まりはしない。不思議な姿を空想と競うだけの
素材は自然界にありはしない。でも、アントニーは、
思い浮かべるだけで、空想になど及びもつかない傑作で、
実体のない影など蹴散らしてしまうのだから。(五幕二場九一―九九行)

「不思議な姿を空想と競うだけの/素材は自然界にありはしない」――私たちは、ここでまた、想像と自然の競争では、解放された想像力が必ず勝利するが、それはまさしく、想像力だけが「不思議な姿」を作り出すことが出来るからだ、というシドニーの議論の核心に立ち戻ったわけである。けれども、クレオパトラはここで議論を逆転させる。アントニーの現実は「夢には収まりはしない」大きさで、それゆえ、彼の存在は、単なる「影」の拙劣さを証明する、自然からの強烈な反撃である。

この主張は、しかし、制約やアイロニーで囲われており、それは観客が、アントニーが、権力

に包まれているところだけでなく、あまりに人間的な限界も帯びた姿も、すでに自分の目で見ているからというだけではない。クレオパトラがこの主張をするまさにその時に、彼女の言葉が疑念を伝えているか、あるいはむしろ、これらの主張そのものが、空想の産物と徴づけられているのである――「アントニーは、／思い浮かべるだけで」――。クレオパトラが自殺しようとするのは、彼女が惨めな現実よりもこの空想の方を好むからだろう。

　　　　アントニーが呼ぶのが
聞こえるような気がするわ。あの人が私の気高い行いを
讃えるために立ち上がるのが目に浮かぶわ。あの人がシーザーの幸運を
嘲る声が聞こえるわ。幸運なんて、神々があとで見せる怒りの詫びに、
あらかじめ人に与えるだけのものだから。愛しい人よ、いま参ります。

（五幕二場二七四―七八行）

（21）Jane Clare, *"Art Made Tongue-Tied by Authority": Elizabethan and Jacobean Dramatic Censorship*（Manchester: Manchester University Press, 1990）; Richard Dutton, *Mastering the Revels: The Regulation and Censorship of English Renaissance Drama*（London: Macmillan, 1991）; Annabel Patterson, *Censorship and Interpretation: The Conditions of Writing and Reading in Early Modern England*（Madison: University of Wisconsin Press, 1984）を参照されたい。

（22）この潜在的な概念化は、芸術の自律性についてのアドルノ自身の理論――自律性は目的のなさを自ら進んで受け入れることに依拠しているというもの――と全く無縁ではない。アドルノから見て、最も野心的なモダニズムの芸術作品は、「経験的世界の中で自らが無力で余計なものであるということを通して……、その内容における無力さの要素を」（*Aesthetic Theory*, 104）強調しているという。無力さを強調することによって、芸術は、権力と交換価値を蓄積することとに取り憑かれたブルジョア的な社会秩序に挑戦しているというのである。けれども、こういった公式化が十全な意味を持つことができるかは、芸術の「目的を欠いた目的性」というカントの――シェイクスピア自身の芸術的な（そして商業的な）仕事の地平を超えた――公式化が成り立つかどうかに拠っている。Sianne Ngai, "The Cuteness of the Avant-Garde," *Critical Inquiry* 31（2005）: 811–47を比較参照されたい。日本のキッチュであるキューピー人形やその類についてNgaiが分析している可愛らしさとシェイクスピアの小柄な妖精たちとのあいだにはたいへん興味深い関係が認められる。この関係についての議論は、まさしくシェイクスピアこそが妖精を（彼が持っていた影響力のゆえに、のちのち妖精のあり方を定義するかたちで）小柄な存在にしたという所見から始められることになろう。意図的な些末さについては、Paul Yachnin, *Stage-Wrights: Shakespeare, Jonson, Middleton, and the Making of Theatrical Value*（Philadelphia: University of Pennsylvania Press, 1997）を参照されたい。自分やその作品を取るに足らないものとする主張については、Pierre Bourdieu, *Outline of a Theory of Practice*, trans. Richard Nice（Cambridge: Cambridge University Press, 1977）の中に、重要な理論的考察が見られる。

(23) プロスペローは、仕舞い口上をいう直前に、「皆さん、どうぞもっと近くに」(五幕一場三二二行)と言う。この台詞は、上演ではしばしば、彼がほかの登場人物を自分のほこらに招いて発する言葉として演じられるが、「もっと近くに」という指示は、観客に対しての呼びかけとする方がいっそうふさわしいように思われる。それはさながら、プロスペローが、観客が皆もっとそばに寄ってくるか、前に身を乗り出すかすることを期待しているかのようである。

訳注

第一章

〔1〕ハムレットが「自由な魂」と呼ぶもの——『ハムレット』三幕二場二二一行。ハムレットはここで、クローディアスに劇中劇の内容について説明しており、それはゴンザーゴーという公爵が殺されるという犯罪を扱った芝居だが、王や自分のように"free souls"を持つ者にとっては、何ら気にする必要はないものだと語る。文脈を考えれば、ハムレットはここで、"free souls"という言葉を、「呵責に苦しむことのない、穢れない心」くらいの意味に用いているのではないかと思われ、本文の脈絡とは少しずれている。

〔2〕先行的恩寵——アウグスティヌスの神学などに基づく考え方で、魂の救済の恩寵に先立って与えられるさまざまな恩寵をいう。キリストによる魂の救済は神の大きな恩寵によるものだが、先行的恩寵は、それ以前に、それぞれの人の行動の如何に関わりなく、行動に先行して与えられるものであり、これによって、罪を犯して「死ぬ」運命を背負った人間が、神から与えられた自由意志を行使して、自分の魂が救済されることを取るか、それとも、それを拒むのかを、自ら選択す

ることが可能になるとされた。

〔3〕　ドストエフスキー的な言い回し――ドストエフスキーは、社会主義を研究するサークルに加わった廉で、一八四九年に死刑を宣告されたが、執行の直前に減刑され、シベリアに送られた。このときの体験は、『白痴』第一篇第二章でムイシキン公爵の語る喩えにかなり忠実に再現されており、作家の発想や作風に決定的な影響を与えたと考えられている。

〔4〕　「笑うべきものなど何一つないから、笑いはある」という辛辣な評言――アドルノとホルクハイマーが、『啓蒙の弁証法』第四章「文化産業――大衆欺瞞としての啓蒙」四節の中で、美を志向する芸術と対比して、悪意に満ちたユーモアを提供する文化産業について論じる中で、用いた言葉。（ホルクハイマー／アドルノ、徳永恂訳『啓蒙の弁証法――哲学的断想』〔岩波文庫、二〇〇七〕二八九ページを参照されたい。）

第二章

〔1〕　シエナのカテリーナ――（一三四七―八〇）シエナの裕福な染物屋の娘として生まれるが、七歳の時にキリストの夢を見たのをきっかけに、生涯をキリストに捧げる決意をする。七五年にキリストが彼女の前に現れ、彼女に直接聖痕を授けたとされている。翌年、アヴィニョンに教皇グレゴリウス一一世を訪ねて、彼を説得して、当時アヴィニョンに置かれていた教皇庁をローマに戻させるのに功績があった。死後聖別され、イタリアの守護聖人とされている。

〔2〕 アッシジのフランチェスコ──（一一八二─一二二六）フランチェスコ修道会の創設者として知られるカトリックの修道士。清貧に徹して、悔悛と平和を説いた。中世イタリアで最も有名な聖人のひとりで、「シエナのカテリーナ」とともにイタリアの守護聖人となっている。

一二二四年にラヴェルナ山中で六翼の天使から聖痕を受けたとされている。十字架に架けられたキリストの五ヵ所の傷（両手、両足と脇腹）と同じものがフランチェスコの身体に現れたといい、キリストの模倣を徹底させようとしたフランチェスコの高い精神的境地を象徴する奇跡とされている。

〔3〕 「目が実際に見ているものに対する断固たる反駁を、その目に」させる──ソネット一四八番二行の“true sight”は、一般的に解すれば、「〔目に映る〕本当の光景、相手の本当の姿」ということだろうが、ここで、グリーンブラットは、「“true sight”が醜いと知っているもの」という言い方をしており、そうなると、この“true sight”は、むしろ「ものを正しく見る視力、目の働き」の意味になる。これは、それだけで見れば、相容れない見方だが、あるいは両方の解釈が可能で、シェイクスピア自身が、両方の見方を込めていたのかもしれない。

“true sight”を「本当の光景」の意味に取れば、特に問題は生じないが、これを「ものを正しく見る視力、目の働き」と解すると、それと「目（eyes）」を対立的に捉えるのはいくぶん無理があるように聞こえる。しかし、グリーンブラットは、むしろ、そこに目そのものの自己矛盾、解消しようのない葛藤を見て、それをソネット一五二番の「偽証した目」という表現と繫げていると考えられる。

〔4〕ジョイスのスティーヴン・ディーダラスが「無欠さと調和と輝き」と訳し──ジェイムズ・ジョイスの『若い芸術家の肖像』第五章で、主人公のスティーヴン・ディーダラスが　友人とトマス・アクィナスの芸術論について論じ合う中で、アクィナスが挙げた普遍的な美の条件として、この三つの言葉が元のラテン語とともに引かれている。

第三章

〔1〕クロックストンの秘蹟劇──一五世紀にイングランドで書かれた道徳劇。イスラム教を奉じるユダヤ人が、聖餐式に供されるパンと葡萄酒はイエスの肉と血であるというキリスト教の化身の教えの嘘を暴こうとして、ひそかに入手した聖体のパンに、イエスの磔刑を模して、短剣で五つの穴を開けると、そこから血が噴き出して、パンはユダヤ人の手に貼りついて、どうしても剥がせなくなる。ユダヤ人たちはキリスト教の司教に罪を告白して、パンを剥がしてもらい、悔悛して、キリスト教に改宗するというもの。

〔2〕主の祈り──キリスト教の最も代表的な祈禱文。イエス自身が弟子たちに教えたとされ、キリスト教のほぼすべての教派で唱えられている。この中に、「私たちが自分に対して罪を犯した者らを赦すように、私たちの罪もお赦しください」という一節がある。

〔3〕キリスト教はその終末論的な希望をユダヤ人の改宗と結びつけた──キリスト教にいう世界の終

末では、ユダヤ人だけでなく、世界のあらゆる異教徒がキリスト教に改宗するとされるが、イエス自身がユダヤ人としてこの世に生を受け、また、そのイエスを死に追いやったのもユダヤ人だったことから、終末におけるユダヤ人の改宗ということは、キリスト教にとって特別な意義を持つことと捉えられた。

〔4〕「シオン賢者の議定書」――「秘密権力の世界征服計画書」という触れ込みで広まった会話形式の文書。一八九〇年代の終わりから一九〇〇年代の初めにかけてロシア語版が出て以降、ユダヤ人による世界制覇の野望を暴いたものとして、広く知られるようになった。ユダヤ人を貶めるために捏造された偽書と考えられ、ナチスに影響を与え、結果的にホロコーストの一因となったとも見なされている。

〔5〕一二九〇年にユダヤ人は全て国外に追放された――イングランドでは、ウィリアム征服王（在位一〇六六―八七年）の時代に、封土の地代をそれまでの物納から貨幣での支払いに切り替えることを促すために、貨幣を蓄えていたユダヤ人が必要とされ、フランスのルーアンからまとまった数のユダヤ人を移住させたこともあり、ユダヤ人は比較的平穏に居住することが認められていた。しかし、一三世紀後半、十字軍の度重なる遠征と共に、異教徒に対する反感・憎悪が高まって、一二九〇年、エドワード一世の発した勅令により、ユダヤ人はすべて国外に追放された。この時期には、ヨーロッパの各地で同様にユダヤ人を排斥し追放する動きが見られ、イングランドでは、一六五〇年、共和制の下で、オリヴァー・クロムウェルがユダヤ人の居住を再び認めるまで、単

発的な例外を除いては、ユダヤ人が住むことはなかった。

〔6〕チョーサーの描く尼僧院長―チョーサーの『カンタベリー物語』の中の「尼僧院長の話」で、尼僧院長が語って聞かせる話は、おおむね以下の通りである。

アジアのある町で、町の一角にあるユダヤ人街を通って学校に通っていた七歳のキリスト教徒の少年が、毎日の行き帰りに学校で習い覚えた聖母への賛歌を美しい声で歌っていたために、ユダヤ人の憎しみを買った。彼らは、殺し屋を雇って、少年が近くを通ったときに、これを捕らえて、喉を掻ききって、穴に投げ捨てた。

母親は一帯を探し歩いても我が子を見つけられなかったが、たまたま穴の近くで、少年の名前を呼ぶと、死んだ子供が穴の中で聖母への賛歌を歌い始めた。こうして犯罪は露見して、事件に関わったユダヤ人は、拷問にかけられた上で、皆処刑された。

〔7〕トレントのシモン―一四七五年、イタリアのトレントで、シモンという名の少年の遺体がユダヤ人の家の井戸の中から発見された。地域のユダヤ人たちは、キリスト教徒の殺害者が自分の罪を逃れるために遺体を投げ込んだのだろうと推測したが、証明する手立てがなかった。ユダヤ人の家の中から子供の泣き声が聞こえたと証言するキリスト教徒が現れ、凄惨な尋問が行われて、これに屈した家族の者が事件への関与を認めた。首謀者とされたユダヤ人は水礫の刑とされ、他の者たちは白熱したやっとこで肉を割かれたのちに、火刑に処された。この事件では一三人のユダヤ人が犠牲になり、トレントに住んでいた残りのユダヤ人たちも町から追われた。

〔8〕どの四つ折り版も二つ折り版も――ヨーロッパの印刷では、原紙をどれだけ折って、一ページの大きさとするかによって、「二つ折り版」（フォリオ）、「四つ折り版」（クォート）、「八つ折り版」（オクターヴォ）などに分ける。エリザベス朝の戯曲の場合、単独の作品はほとんどが四つ折り版で、まれに八つ折り版でも出版されている。また、全集などになると、大型の二つ折り版で刊行された。シェイクスピアの最初の全集は死後一六二三年に刊行され，その正式な題名は、第五章の原注（5）にある通りだが、二つ折り版で出版されたことから、一般に「第一・二つ折り版」と呼ぶ。

当時刊行された『ヴェニスの商人』のテクストとしては、一六〇〇年に出版された「第一・四つ折り版」と一六一九年に出版された「第二・四つ折り版」、そして、「第一・二つ折り版」の中のテクストの三つが知られているが、このうち、「第二・四つ折り版」は、「第一・四つ折り版」に基づいて作られた海賊版であり、「第一・二つ折り版」の中の「ヴェニスの商人」のテクストも基本的に「第一・四つ折り版」に依拠したものと考えられている。

〔9〕イエスが悪魔をガダラの豚の中に押し込めた――「マタイによる福音書」八章二八―三四節および「ルカによる福音書」八章二六―三九節によると、主イエスは、付き従う人々と共に、舟でガリラヤ湖を渡って、向こう岸のガダラ人の地に着いた。その地の墓場に、多くの悪霊に取り憑かれて凶暴になった人が住んでいた。イエスと出会うと、悪霊たちはイエスを神の子と気づいて、どうか底知れぬところに行くよう命じないでほしいと懇願した。そして、近くに豚の群れが飼わ

れているのを見て、あの豚の群れに入らせてもらいたいと願った。イエスが許可したので、悪霊たちは豚の群れに移ったが、その途端に、豚の群れは崖を走り下って、ガリラヤ湖で溺れて死んだ。

〔10〕「ルカによる福音書」第一八章の収税人──「ルカによる福音書」一八章九─一四節で、自らを義とする人々にイエスが語る喩えに、二人の人物が神の宮で祈りを捧げたとき、一方のパリサイ人は自分の日々の行いの正しいことで神に感謝の祈りを捧げ、もう一方の収税人は自分の罪に対する赦しを乞うたが、神に義とされて家に帰ったのは収税人の方だったとあり、この収税人の逸話は、神の前で自らの罪を認めて赦しを乞う人間のへりくだった態度の例として、しばしば引かれる。

第四章

〔1〕ジョージ・ブキャナンが推奨した暴君の殺害──ジョージ・ブキャナンは、一六世紀のスコットランドの人文学者。一時期、メアリー女王のラテン語家庭教師を勤めたが、新教徒の立場から、しだいに教え子であるメアリーに対して批判的になり、彼女が夫の暗殺に関与したことが判明して以降、その退位にも関わった。政治権力は民衆に帰属するという立場から、一五七九年『スコットランド王国の法について』(*De jure regni apud Scotos*)を著して、絶対王政に反対して王権の制限を唱え、専制君主を暗殺することの正当性を擁護した。

〔2〕エティエンヌ・ド・ラ・ボエシーが提案した受動的な不服従―フランスのユマニスト、エティエンヌ・ド・ラ・ボエシー（一五三〇―六三）は、死後、友人のモンテーニュによって編纂された『自発的隷従論』の中で、圧制者から自由を取り戻す方法は、圧制と戦ってそれを滅ぼすことではなく、国民が隷従することに同意しなければ、それだけで圧制者はおのずから滅びるものだ、と説いた。

〔3〕トマス・スターキーが説いた寡頭の共和制―トマス・スターキー（一四九九?―一五三八）は、イングランドのヒューマニスト。一時期、のちの枢機卿で当時ヴェニスに滞在していたレジナルド・ポールの家に召し抱えられ、そのことが機縁になって、ヴェニス共和国の政治システムに傾倒するようになる。主著の一つ『ポールとラプセットの対話』の中で、当時のイングランドの状況を憂いて、これと対比して、共和制がいかにすぐれているかを説いたが、これはそのまま手稿の形で残されて、初めて刊行されたのは一八七一年になってからである。

〔4〕スカヴェンジャー（掃除夫）の娘―考案者（Leonard Skeffington）の名前をもじって、こう呼ばれる拷問具。A字型の小さな鉄枠の中に頭と両手、両膝を押し込めて、身体を折り曲げるかたちに拘束して、締め上げる。

〔5〕ガイ・フォークス―一六〇五年にイングランドで発覚した、国王ジェイムズ一世が臨席する国会議事堂を爆破しようという、カトリックの急進派による火薬陰謀事件の実行責任者。情報が事前に漏れて、フォークスは、議事堂の入る宮殿の地下に火薬に囲まれて籠っているところを、逮

捕された。当初は黙秘していたが、拷問の末に、自分の名前と、陰謀に関わった他の者の名を自白して、首を吊った上に内臓を抉って四つ裂きにするという刑に処せられた。

〔6〕星室庁—テューダー朝からステュアート朝前期のイングランドで、国王大権のもとで開かれた裁判所。星室裁判所ともいう。ウェストミンスター宮殿内の「星の間（Star Chamber）」で開かれたことからこう呼ばれる。国王大権の下に裁かれるので、貴族を牽制したり取り締まることが出来て、迅速に裁判を処理でき、イングランド絶対王政の象徴の一つとなった。

〔7〕四つ折り版—四つ折り版と二つ折り版の区別などについては、第三章訳注〔8〕を参照されたい。シェイクスピアの最初の全集である「第一・二つ折り版」（一六二三）に収められた『リア』のテクストと、一六〇八年に刊行された『リア』の四つ折り版（『リア王の歴史』）とのあいだには異同が多く、以前は両方の版を合成するかたちで、新しい版を編纂するということが行われていたが、現在では、二つの版は、それぞれ異なった意図を持って作られた別々の独立した版として扱うのが一般である。

〔8〕ドストエフスキーの言葉—ドストエフスキーの代表作の一つ『罪と罰』で、主人公のラスコーリニコフは、「一つの小さな罪は百の善行によって償われる」「選ばれた非凡な人間は、新しい世界の発展のために、道徳を踏み外すことも許される」という論理のもとに、高利貸しの老婆を殺害し、さらに、現場に居合わせたその妹まで殺してしまうが、あとになって、罪の意識に苛まれて精神を病んでいく。しかし、悲惨な暮らしの中でも純真な心を失わない娼婦ソーニャの態度に

打たれて、自分の罪を贖うべく自首する。

第五章

〔1〕バウムガルテン――アレクサンダー・ゴットリープ・バウムガルテン（Alexander Gottlieb Baumgarten 一七一四―六二年）。ドイツの思想家。「美学」の創始者として知られ、美学とは知性ではなく感性を扱う学であると主張した。

〔2〕文化資本――ブルデューが提唱した社会学上の概念の一つで、金銭以外の、学歴や文化的素養といった個人的な資産を指す。例えば、単に金銭的に裕福な家庭の子供の方が進学に有利であるというわけでなく、上品で正統とされる文化や教養や習慣などの文化資本を多く持っている子供の方が結果的に高学歴となり、またその子供も親の文化資本を相続して、同じく高学歴になる傾向を持つというもの。

〔3〕俺の親父――オクテイヴィアス・シーザー（のちの初代ローマ皇帝アウグストゥス）は、ジュリアス・シーザー（ユリウス・カエサル）の姪の子にあたるが、子のなかったシーザーの後継者とされ、彼の死後、シーザーの養子と名乗った。

〔4〕神聖ローマ帝国皇帝フリードリヒ二世の『皇帝の書』――神聖ローマ皇帝フリードリヒ二世は、都市国家が分立していたイタリアの統一に意を注ぎ、一二三一年、ローマ皇帝たちが施行していた法令を元に編纂した『皇帝の書』を発布して、その中で、都市や貴族、聖職者たちの権利の制

限、司法・行政の一元化された運営、税制や金貨の統一など、後の中央集権国家の骨格となる原理を説いた。

〔5〕ラクタンティウス――ルキウス・カエキリウス・フィルミアヌス・ラクタンティウス（Lucius Caecilius Firmianus Lactantius）。三世紀から四世紀初頭にかけて活動した、キリスト教の著述家。キリスト教を信奉した最初のローマ皇帝コンスタンティヌスを補佐して、その宗教政策を推進するのを助けた。

一般にラクタンティウスによるものとされている詩『不死鳥』（*de Ave Phoenice*）は、この鳥の死と再生の様子を描いている。

〔6〕その尊称――コリオレイナスはもともとケイアス・マーシアスという名前だったが、将軍コミニアスに率いられたローマ軍の副将として従軍して、敵のヴォルサイ人の街コリオライを包囲し、これを陥落させた。そしてさらに、敵将オーフィディアスと対峙していたコミニアスの救援にかけつけて、オーフィディアスを敗走させた。コミニアスはこの功績を称えて、彼にコリオライにちなんだ「コリオレイナス」という尊称を与えた。

〔7〕アドルノが「否定性」呼んだことで知られるもの――アドルノの言う否定性の概念はたいへん広範に亘っているが、芸術作品について用いる場合には、基本的に、音楽や美術作品を創造する芸術は、快楽を断念する一方で、「代用の満足」を通して、その最大化を試みるものだが、「代用」であるという点で、快楽の断念という否定性に依拠しているということは免れないということを

指している。ただし、ここでは、シェイクスピアのソネットが、若い貴公子の美しさを芸術的に表象するのに、美と対極にあるように感じられる黒いインクに依拠しているということを指しているのではないかと考えられる。

〔8〕ヴェロネーゼに肖像を描かせたシドニー――この肖像画は現存していない。シドニーの肖像画としては、現在、ロンドンの国立肖像画美術館に納められている作者不明の作品がよく知られている。本文にもあるように、シドニーは若い頃に天然痘に罹ったことがあって、その痕が顔にあばたとして残ったというが、この肖像画美術館の作品でも、そういった痕跡は描かれていない。

〔9〕「コリント人への第一の手紙」のパロディ――「コリント人への第一の手紙」二章で、執筆者パウロは、神が世の始まる前から人間の栄光のためにあらかじめ定められていたものを説いて、「目がまだ見ず、耳がまだ聞かず、人の心に思い浮かびもしなかったことを、神は、ご自分を愛する者たちのために、用意された」（九節）と述べている。

〔10〕「夢の仕事」――一般に精神分析では、人が体験する夢を顕在夢と呼び、その内容が複雑で理解しにくかったり、支離滅裂だったりする場合には、夢として経験される前に、無意識的に抑圧された幼児期由来の願望や、この願望と結びついた昼間の体験の残滓からなる夢の潜在思考が、検閲を受けて、置き換えや象徴化、圧縮、視覚化などによって加工・歪曲されて、夢に現れたものだと見なして、こういう一連の作業を「夢の仕事」と呼ぶ。

もっとも、仕舞い口上の中で、パックが自分たちの芝居のことを「夢」と呼ぶときに、彼がそうという深い意味合いを込めていたということではなく、シェイクスピアがパックの言葉を通してその社会的意義の乏しさを説いた彼の作品の中に、なおもそういう深い意味が認められるということだろう。

参考図版一覧

図版1　レオナルド・ダ・ヴィンチ『白貂を抱く貴婦人』（一四八四―九〇）、チャルトリスキ美術館（ポーランド、クラクフ）Photo: Nimatallah / Art Resource, NY.
図版2　ニコラス・ヒリアード（推定）『エリザベス一世の〈不死鳥の肖像〉』（一五七五年頃）Photo ©National Portrait Gallery, London.
図版3　マグダラのマリア伝説の巨匠『キリストの五つの傷』（一五二三年頃）。
図版4　ヒエロニムス・ボッシュ『キリストの嘲弄』（一四九〇―一五〇〇年頃）Photo ©National Portrait Gallery, London / Art Resource, NY.
図1　レオン・バッティスタ・アルベルティ、サンタ・マリア・ノヴェッラ教会のファサード（フィレンツェ、一四七〇）Photo: Erich Lessing / Art Resource, NY.
図2　レオナルド・ダ・ヴィンチ『ウィトルウィウス的人間』（一四八五―九〇年頃）、アカデミア美術館（ヴェネツィア）Photo: Scala / Art Resource, NY.
図3　アルブレヒト・デューラー『人体均衡論四書』（一五二八）、ハーヴァード大学ホートン図書館。

図4　リチャード・ソーンダース『顔相学』（一六五三）扉絵、ハーヴァード大学ホートン図書館。

図5　リチャード・ソーンダース『顔相学』（一六五三）より、ハーヴァード大学ホートン図書館。

図6　J・P・ステューードナー（印刷）『キリストの傷と釘』（一七世紀末）、ニュルンベルク、ゲルマン国立博物館。

図7　ピエロ・デッラ・フランチェスカ『フェデリコ・ダ・モンテフェルトロ』（一四六五年頃）、ウフィツィ美術館（フィレンツェ）Photo: Scala / Art Resource, NY.

図8　アントニス・モル『女王メアリー一世』（一五五四）、プラド美術館（マドリード）Photo: Scala / Art Resource, NY.

図9　『行商人』（『改革の取引所』〔一六四〇〕より）と『付けぼくろの貴婦人』（ブルワー『人間の変身』〔一六五〇年頃〕の中の木版画による）。

図10　作者不明『すみれ、または、ヌヴェールのジェラールの物語』（一五世紀）。

訳者あとがき

本書は、Stephen Greenblatt, *Shakespeare's Freedom* (University of Chicago Press, 2010) の全訳である。原著は、ライス大学での連続講義をまとめたもので、これまでのグリーンブラットのシェイクスピアに関する議論の多くが、個別の作品を論じていたのに対して、本書は、むしろ、そういった枠にとらわれることなく、作品やジャンルをまたいで、シェイクスピアの作品全体に流れる精神のありようを捉えようとしている。連続講義という性格もあって、必ずしも系統立ててまんべんなく論じているというわけではないが、それだけ自在に、著者がシェイクスピアの特質と見なす点を巧みに掬いとって論じているように思われる。

グリーンブラットはここでまず、私たちがシェイクスピアの作品に接したときに感じる自由なありよう、たとえば、自在な表現や人物造型の巧みさを取り上げて、そのことはまた、ライヴァルのベン・ジョンソンからさえ「開かれて自由な性格」と評された彼の人となりとも繋がっていることを示唆している。けれども、その一方で、グリーンブラットは、絶対主義的な要求の強化された時代に書かれたシェイクスピアの作品は、実際にはさまざまな制約も体現しているとして、宗教や政治、さらには文化全般に深く浸透した規範やそれが意味する制約を論じている。そして、その上で、そういった制約は、むしろ彼の芸術が成立するための条件になっていて、例えば、シェイクスピアの喜劇の恋人たちは強烈な情熱を阻む制約に直面するが、それによって愛の強烈さを減殺されるのではなく、むしろ高められていると説く。

その意味で、規範と自由の関係というのは、一方が束縛を課し、他方がその束縛を逃れようとするというほど単純なものではなく、規範が主体やその創作の構成を促す力ともなれば、そこから逸脱していこうとする動きを誘って、新たな個性を産み出す契機にもなり得るのである。そういった例として、グリーンブラットは、第二章で、シェイクスピアが、当時の美意識の規範だった、しみも個性も一切ないような理想の美を一方で受け入れながら、時にそこから意図的に逸脱して、醜いもの、グロテスクなもの、脅威とさえ感じられるものの表現を通して、固有のより強烈な美を作り上げていったとしている。

「自由」というのは、もちろん、そういった芸術上の規範との関連でのみ問われるものではない。第三、第四章で、グリーンブラットは、文化から閉め出されたと感じる者がそれにどう対応しようとし、報復や侵犯の脅威を感じる文化の側もまたそれにどう応えようとするのか、あるいは、表面的には文化の内部に根差している人間がその内部から文化を脅かすときに、文化にはそれに対処する術があるのかといった、文化や社会と自己同一化の問題、さらには、権力を持つ者はその権力を自由に使うことが許されるのか、あるいは、その行使が独裁や暴虐の域に達したと見なされたときに、臣下の側にはそれに反旗を翻す自由はあるのかといった政治的自由にまつわる問題を、シェイクスピアが自分の芸術を通してどう掘り下げていったかを考察してゆく。

こういった問題意識は、第五章でも引き継がれていて、外部の世界と壁で仕切られた劇場の中で、シェイクスピアの作品が何か自律的で溌剌としたものを感じさせ、独自の力を帯びているように見えるとして、そういった力は、外の世界を支配する法の強制力とどういう関係においてありうるものなのか、グリーンブラットは探っている。一見自由に見える芸術も、実際には、社会の稠密なネットワークに取り込まれており、そういったものから真に独立した、厳密な意味での自律性など、ありうるものではない。そういった、自身とその芸術を取り巻く政治的、文化的な不自由さを十分すぎるほど自覚していたシェイクスピアは、では、自分の芸術にどういうかたちで自由、自律性を獲得しようとしたのか、そして、それは彼が劇作家としてのキャリアを積み重ねてゆく中でどう変質していって、最終的に彼をどういう見地へと導いてゆくことになったのか、問うているのである。

全体を通して感じられることは、グリーンブラットが本書を通して取り組んでいる問題は、文化の中で生きることに伴う〈不自由さ〉ということであり、そういう不自由を強いる文化の中で、シェイクスピアの作品が一定の自由を感じさせるのは、この不自由さに対してシェイクスピアがきわめて自覚的であり、一方でそういう不自由さと戯れつつ、なおも意識の奥深くにまで浸透した束縛の意味を真剣に探り続けた、そのはてしない探究心にあったと考えているように思われる。

こういった不自由さということには、グリーンブラットがこれまで辿ってきた軌跡を考え合わせると、いかにも興味深いものがある。グリーンブラットが、彼の代表作である『ルネサンスの自己成型』で世の注目を一気に集めて以降、彼の代名詞のようにもなった「新歴史主義」あるいは「文化の詩学」が文学研究の新たな主流として盛んにもてはやされた一九八〇年代から九〇年代にかけて、新歴史主義の研究者たちに繰り返し向けられた批判の一つは、文化の中に生きる主体について、その文化の中に有形・無形に張り巡らされた規範に取り込まれ規定された存在として、そこから逃れようがないという不自由さが強調されすぎていて、主体の自律性の可能性が全く見えてこないということだった。

当時のグリーンブラットが、そういう批判に、直接応じるような議論をどこかで本格的に展開するといったことは、私の知る限りなかったように思う。実際、文化の内部に生きる人間にとって、自身に絡みつく規範を掘り下げれば掘り下げるほど、主体の自律性など安易に口に出来なくなってゆくのは、ある意味で当然だったのかもしれない。

もっとも、過去のテクストや主体の生成に文化的規範がどのように作用しているのかを解明しようとする新歴史主義の企ては、同時にその企てに関わる研究者自身の立ち位置をも問い、その企て自体を規定しそれに作用しているはずの規範の働きを浮かび上がらせようとするものでもあった。新歴史主義をそれまでの歴史批評と決定的に隔てていたものは、自身を束縛する文化的規範とその歴史的性格を解明し、その規範の意識化、相対化を促すことによって——あくまで徐々にそして避けがたく不完全に——その束縛を解いてゆこうとする不断の努力だったし、今もそのことに変わりはあるまい。その意味で、新歴史主義的研究の営為自体が、必然的に不十分さを伴いながらも、そういった批判に対する一定の答えとなってはいたのである。

けれども、では、主体の——あるいは、芸術の——自由・自律性は、本当にあり得るものなのか、もし仮にあり得るとすれば、いったい如何にして獲得されるものなのか。グリーンブラットが『ルネサンスの自己成型』の中で、そして、広く新歴史主義が、提起した問題意識の多くが、文学研究、文化研究の方法論として一般に受け入れられ、前提視されるようになり、逆にことさらに意識されることが少なくなった今になって、グリーンブラットは改めてこの主体と芸術の自由・自律性の問題に向かい合おうとしたように見える。彼自身の思索の脈絡の中で、いま挙げたような批判がどれだけの重みを持って感じられたのか、本人が何も語っていない以上、何を言っても推測の域を出ない。けれども、こういった問題自体は、第三者からとやかく言われる以前から、つねに彼の中で深いわだかまりとしてあり続けたのではないだろうか。

そうして著されたこの本の中で、グリーンブラットは、改めて、文化の中に取り込まれた主体、文化の中で産み出される芸術の不自由さを説くのである。しかし、それでいて、グリーンブラットは、その不自由さの中にあって、シェイクスピアの作品の中に息づく、実体としてというより、むしろ不断の運動としての自由——自らに絡みつく規範を意識化し、時には規範と戯れる一方で、自由を求める自らの動機の倫理性をすら俎上に載せて掘り下げていこうとする、そういった精神のしなやかさ――を捉えようとしている。

こうして浮かび上がってくるシェイクスピアの姿はまた、つねに文学研究の最前線にあって、新たな地平を切り拓こうとして、その中で不断に自らの立ち位置を問い続けてきたグリーンブラット自身の姿とも重なるものだろう。研究にとって同じ地平にとどまることは、たとえそれがどんなに魅力的であろうとも、発想の囚われ、精神の硬直化を招きかねない。これまでの成果を踏まえながら、シェイクスピアの創作を巡る不自由と自由の交錯を新たにダイナミックな動態として解明しようとする本書は、その意味で、グリーンブラットのたゆみない知的探究の証しであり、二つの偉大な知性が時代と空間の隔たりを超えて取り交わす、文化と主体のありようを巡る深い対話となっているように思われる。

グリーンブラットの書物に初めて接したのは、今からもう三〇年以上前のことで、大学に職を得て、曲がりなりに研究者としてスタートを切ってから間もない頃だった。そのとき夢中になって読んだ『ルネサンスの自己成型――モアからシェイクスピアまで』をのちに自分で訳すことが出来、また、バークレイで直接指導を受ける機会にも恵まれるなど、もちろん私なりの理解の範囲内でではあるが、その思考のスタイルから教えられたものはずいぶん大きかった。関心の多少の違いや勤務先のカリキュラムの都合などもあって、その足跡のすべてを逐一丹念に追ってきたとまでは言えないが、それでもなお、グリーンブラット先生は私にとってつねに知的探究心の最も偉大なモデルのお一人だった。自身いつの間にか年齢を重ねて、還暦という言葉が目の前に迫ってくる頃になって、その間に果たして自分なりに何をすることが出来たのか自問すると忸怩たる思いではあるが、そういった中で、深い学識に裏づけられた融通無碍な語り口と今も変わることのないみずみずしい探究心とを兼ね備えたこの怜悧な書物に接して、さらにそれを自分で訳すという刺激に満ちたすばらしい機会を得られたことは、大きな喜びであり、感謝の念に堪えない。

『ルネサンスの自己成型』の際にもお世話いただいて、翻訳の要諦を学ばせてくださり、今回もまた、このすばらしい機会を与えていただいて、つかず離れずの絶妙の距離感で、完成まで導いてくださったみすず書房の辻井忠男氏に、改めて深くお礼申し上げたい。

二〇一三年 梅雨の晴れ間に

髙田 茂樹

索　引

（　）と［　］の中の数字は、それぞれ原注と訳注の番号を指している.

タ

マ

ヤ

ラ

著者略歴

(Stephen Greenblatt, 1943-)

1943年 マサチューセッツ州ケインブリッジに生まれる. 1964年 イェール大学卒業, 69年PhD. カリフォルニア大学バークレイ校教授を経て, 1997年以降, ハーヴァード大学教授. 著書には,『ルネサンスの自己成型』(1980, 訳1992),『驚異と占有』(1991, 訳1994),『シェイクスピア的交渉』(1989, 訳1995),『煉獄のハムレット』(2002) など多数ある. また, 最近のものとしては, ともに専門的な研究書ではないが,『シェイクスピアの驚異の成功物語』(2004, 訳2006),『一四一七年, その一冊がすべてを変えた』(2011, 訳2012) などがある.

訳者略歴

高田茂樹〈たかだ・しげき〉1954年, 福井県に生まれる. 1976年, 京都府立大学文学部卒業. 1980年, 東京大学大学院人文科学研究科博士課程退学. 現在 金沢大学教授. 専門：イギリス・ルネサンスの文化, 批評理論. 訳書：グリーンブラット『ルネサンスの自己成型――モアからシェイクスピアまで』(みすず書房, 1992), ピーター・ブルックス『肉体作品――近代の語りにおける欲望の対象』(新曜社, 2003), クリストファー・マーロウ『タンバレイン』(水声社, 2012).

S・グリーンブラット
シェイクスピアの自由
髙田茂樹訳

2013年 9 月30日　印刷
2013年10月10日　発行

発行所 株式会社 みすず書房
〒113-0033 東京都文京区本郷5丁目32-21
電話 03-3814-0131(営業) 03-3815-9181(編集)
http://www.msz.co.jp

本文・口絵組版 キャップス
本文・口絵印刷所 精興社
扉・表紙・カバー印刷所 リヒトプランニング
製本所 青木製本所

© 2013 in Japan by Misuzu Shobo
Printed in Japan
ISBN 978-4-622-07797-8
[シェイクスピアのじゆう]
落丁・乱丁本はお取替えいたします

シェイクスピアにおける異人	L. フィードラー 川地美子訳	5040
英国ルネサンスの女たち シェイクスピア時代における逸脱と挑戦	楠明子	3990
メアリ・シドニー・ロウス シェイクスピアに挑んだ女性	楠明子	3360
シェイクスピア劇の〈女〉たち 少年俳優とエリザベス朝の大衆文化	楠明子	3360
『ロミオとジュリエット』恋におちる演劇術 理想の教室	河合祥一郎	1365
ガヴァネス ヴィクトリア時代の〈余った女〉たち	川本静子	3675
ヴィクトリア朝偉人伝	L. ストレイチー 中野康司訳	3990
ジェイン・オースティンの思い出	J. E. オースティン=リー 中野康司訳	3780

(消費税5%込)

みすず書房

サミュエル・ジョンソン伝 1－3 オンデマンド版	J. ボズウェル 中野好之訳	I 12600 II III 10500
ジョンソン博士の言葉 大人の本棚	J. ボズウェル 中野好之編訳	2520
ジョンソン博士の『英語辞典』 世界を定義した本の誕生	H. ヒッチングズ 田中京子訳	6090
リアさんて、どんなひと？ ノンセンスの贈物	E. リア 新倉俊一編訳	3360
『嵐が丘』を読む ポストコロニアル批評から「鬼丸物語」まで	川口喬一	3360
最後のウォルター・ローリー イギリスそのとき	櫻井正一郎	3990
官僚ピープス氏の生活と意見	岡照雄	3990
ロレンス游歴	井上義夫	4410

（消費税 5%込）

みすず書房